瀬尾優梨
ill. 茲助
愛されない地味才女なので、
気ままな辺境暮らしを楽しみます
離婚予定の契約妻のはずが、
旦那様の様子がおかしい

カーティス
クレイン辺境伯家の
若き当主。従弟・テッドが
成人するまでの間、辺境伯位を
継ぐことになっているが、
周囲からの縁談が絶えず、
防波堤になるお飾り妻を探していた。
マティルダ
妹の世話をしながら、
実家の養蜂業を支えている男爵令嬢。
結婚は諦めかけていたが、
カーティスからの契約結婚に
ある条件付きで了承する。
小説が好きで、時には登場人物に
なりきることも。
Characters

テッド
カーティスの従弟で、先代クレイン辺境伯の息子。穏やかな性格で、カーティスとは本当の兄弟のように仲が良い。
カレン
マティルダの侍女。明るくムードメーカーで、友人のような存在。
ローズマリー
マティルダの妹。幼い頃から病弱で、普段から車椅子を使って移動している。ぼんやりとしていたり、思いつきで行動したりと姉の手を焼かせることも。

「俺はかわいくなくて結構だ。
かわいい担当はむしろ、
おまえの方だろう」
「はっ……え？」
ぽかんとするマティルダに
追い打ちをかけるように
カーティスが耳元で
囁くものだから、マティルダは
「きゃっ!?」と悲鳴を上げて、
両耳を手で塞いでしまう。
「なるほど、耳が弱いのか。
いいことを知った」

# 愛されない地味才女なので、気ままな辺境暮らしを楽しみます

## 離婚予定の契約妻のはずが、旦那様の様子がおかしい

瀬尾優梨
ill. 茲助

# 目次

# 序章　辺境伯夫妻の裏事情

その日、モート王国のとある城にて開かれた夜会で、楽団の奏でるワルツとさざ波のように広がる談笑の声に混じり、とある噂話も聞こえてきていた。

「今宵《こよい》、クレイン辺境伯が夫人を連れて初めて夜会に出られるというのは、本当かしら」

「確か、養蜂業で有名なターナー男爵家のご令嬢だったかしら？　病弱との話だけれど」

「それは次女の方で、結婚されたのは長女よ」

「あっ、ご覧あそばせ。あちらにクレイン辺境伯が……」

噂話に興じていた中年の貴族夫人たちが見やる先には、ちょうどホールに入ってきた男女ふたりの姿があった。まさに噂の、クレイン辺境伯夫妻である。

若き辺境伯ことカーティス・クレインは今年で二十二歳になった、背の高い美丈夫だ。赤みがかった金髪が特徴的で前髪を上げているため、意志の強さを表すかのようなつり眉と色気を漂わせる垂れた目元がよく見える。

そんな彼に寄り添うのは、艶やかな黒髪を持つ女性だ。顔を伏せているので顔立ちは分からないが、優雅に結った髪にはユリの花が挿されているのみで、纏《まと》うドレスも華美さを抑えた深い緑色で装飾も少なめだ。まさに、夫を立てるしとやかな夫人といった出《い》で立ちだ。もしかすると、夫より少し年上かもしれない。

「……あちらが、クレイン辺境伯夫人？」

「なんといいますか、あまりぱっとしない印象ですね」

相手は辺境伯夫人といえど出身は男爵家であることもあり、夫人たちは好き勝手にしゃべっている。彼女らはクレイン辺境伯に色目を使うような年齢ではないのだが、会場にいる妙齢の令嬢や若い夫人の中には、辺境伯をぽうっとした眼差《まなざ》しで見る者もいる。

ふと、辺境伯夫人が顔を上げた。色白で、ハシバミ色の目を持っている。顔立ちは正直そこまで美しくもないが、髪と肌の艶《つや》は見事の一言に尽きた。実家が養蜂業を営むだけあり、美容効果も抜群の蜂蜜を潤沢に使えているからかもしれない、と夫人たちはうらやましくなった。

美貌の辺境伯を見つけて、何人かの令嬢たちが寄っていった。彼女らは相手が既婚者だろうとすぐ近くに妻がいようとお構いなしのようで、ぐいぐい迫っている。

さて、辺境伯はどう出るのか……と夫人たちが野次馬根性丸出しで眺めていると、彼は辺境伯夫人の左頬に手を添えて、その右頬に唇を寄せたではないか。

「まあっ！」

「こんな場所でなさるなんて！」

高みの見物とばかりに夫人たちがはしゃぐのをよそに、辺境伯は妻の肩を抱いて令嬢たちの包囲網からさっさと逃げてしまった。憧れの人に逃げられただけでなく妻との仲睦《なかむつ》まじい様子を見せつけられたからか、令嬢たちは悔しそうにしていた。

「あそこまで熱愛されるなんて、辺境伯夫人も幸せな方ですこと」

ほほほ、と笑う夫人たちは、まるで自分の息子の恋愛模様を見ているかのように、ほのぼのとしていた。


そんなのんきな夫人たちから離れた、ホールの隅にて。

「今のは、どうだったか」

「大変よろしかったと思います」

先ほどの甘い表情はどこへやら真顔で夫が問うてきたので、黒髪の辺境伯夫人もまた生真面目にうなずいた。

「これで、旦那様に近づく女性たちを牽制《けんせい》できたかと」

「それはいいことだ。では、このまま続けよう」

「了解です」

ふたりは含みのある微笑みを交わして、手を取り合った。

……悔しそうにしていた令嬢たちも高みの見物をしていた貴婦人たちも、知らないだろう。

熱愛の末に電撃結婚をしたと言われる辺境伯夫妻が実は、互いの利害が一致したために結婚した契約夫婦だということなんて。

# 1章　男爵令嬢の憂鬱

ターナー男爵家の長女であるマティルダの朝は、早い。

ターナー男爵家は養蜂業で成り上がり、金で爵位を買った新興貴族だ。とはいえ、貴族令嬢であればもう少し朝の目覚めは遅くてもいいものだ。だがマティルダは下級使用人の少女がキッチンでレンジを磨いている時間には目を覚まし、自分の身仕度を調えなければならない。

そうして令嬢として適正な起床時間になると、妹の寝室に向かう。

「おはよう、ローズマリー。もう朝よ」

挨拶をしてから入室して、ベッドで眠っている妹を起こす。

ローズマリーは、マティルダの五つ年下の妹だ。黒い髪と白い肌は姉妹で共通しているものの、顔立ちなどはまったく似ていなかった。

つり目ゆえにきつい印象を持たれがちなマティルダと違い、ベッドで眠る妹はまさに天使のような美貌を持っている。肌はマティルダよりも白く……否、健康な人間ではあり得ないほど、青白い。

マティルダの呼びかけで、ゆっくりとまぶたが開かれる。その灰色の目の視点がさまよっているのは、起き抜けだからという理由だけではない。

「お姉様……？」

「おはよう、ローズマリー。今日は午後からパーティーに行くでしょう？　少しずつ準備をしないといけないから、もう起きなさい」

「……うん」

ローズマリーは十九歳という年齢のわりには幼い所作《しょさ》でうなずき、マティルダの手を借りてベッドから下りた。ベッドの脇には、車輪付きの大きな椅子——車椅子が置かれている。これが、ローズマリーが一日の大半を過ごす場所だ。

ローズマリーは出生時、その愛らしさに屋敷中の者たちが感嘆するほどであったものの、とても小さくてか弱い体で生まれた。そのため両親は当時五歳だったマティルダをほったらかしてローズマリーにつきっきりになり、彼女のために優秀な医者を呼んで治療させた。

成人できたローズマリーだが、体が弱いのは相変わらずだ。毎日たくさんの種類の薬を服用しており、移動の際には車椅子が必須だった。この椅子も、両親が大金を叩《はた》いて作らせた特注品だ。

そして両親はか弱い次女の世話を、マティルダに任せることにした。両親はいい意味でも悪い意味でも根っこが商売人で、金に対する執着《しゅうちゃく》が強かった。ローズマリー専属のメイドを雇うより、これといった特技も美貌もない長女に丸投げした方が安上がりだと思ったのだろう。

マティルダはうとうとするローズマリーを着替えさせて車椅子に乗せ、寝室を出た。リビングには両親がおり、ふたりはローズマリーを見て微笑んだ。

「おはよう、我が家の天使！」

「おはよう、ローズマリー。今日の体調はどう？」

「おはよう、お父様、お母様。なんだかぼうっとするけれど、パーティーにはちゃんと行くわ」

「それはよかった！」

「せっかく新しいドレスを買ったのだから、めいっぱいおめかししましょうね」

両親はとても嬉しそうに、ローズマリーに話しかけている。

（「おはよう」なのは、私もなのだけれどね）

マティルダは両親が自分に一瞥《いちべつ》もくれないことに慣れてはいるものの、心の中で「おはよう」と、誰からも返事がもらえることのない朝の挨拶をしてから、ローズマリーを食卓の方に連れていった。


マティルダは、ローズマリーの世話係だ。

彼女の朝晩の仕度を行い、外出時には車椅子を押す。ローズマリーがほしいと言ったら高所にある木の実だろうと必死で採り、あれを食べたい、と言えば行列のできる菓子店に何時間並んででも目当てのものを買う。それで売り切れになった日には父から、「妹の願いを叶えるのが姉の役目だろう！」と叱られてしまう。

また、マティルダは実家の養蜂業の帳簿を任されていた。

まだローズマリーが幼くて病気を繰り返していた頃、両親は邪魔なマティルダを領地にいる財政管理人のところに預けていた。管理人は無口で気難しい高齢男性だったものの、マティルダが自分で読み書きを覚えて管理人が持っている経営帳簿に興味を示すようになると、帳簿の見方や計算の仕方、簡単な財政のやりくりについて教えてくれた。そのおかげで、マティルダが屋敷に戻る頃には彼の助手として十分働けるほどになっていた。

だがそれを聞いた両親はその管理人をクビにして、マティルダに帳簿の記載を任せるようになった。当時十歳くらいだったマティルダは驚いたが、去り際に管理人に「お嬢様にこのような重責《じゅうせき》を負わせるつもりではありませんでした」と悔しそうに謝られた。

そんな彼を見ていると、「やりたくありません」と言えず……むしろ自分に帳簿の扱い方を教えてくれた彼に報いようと、率先して経理の仕事を請け負った。

妹の面倒を見て実家の帳簿担当をするマティルダの扱いを知ると、虐待だと言う人もいるかもしれない。だがマティルダは、自分はそこまで虐《しいた》げられているわけではないと思っていた。

両親から愛情らしいものを最後にもらったのはいつだろうか、と思えるほど前のことだし、一日中ローズマリーの車椅子を押すので腕は疲れるし帳簿の記載や確認のために夜更かしすることもある。だが、三食に加えてティータイムのおやつも食べられるし、ドレスもローズマリーのものよりは若干安物ではあるがきちんとしたものを与えられている。

そして何よりも、ターナー男爵家は養蜂業を営むだけあり、蜂蜜を潤沢に使うことができた。

父曰く「商売に使えない不良品」ではあるが、一般市民からすると超貴重品な蜂蜜の瓶が、屋敷のあちこちに転がっている。両親はマティルダが無駄遣いをすることを嫌うが、売り物にならない蜂蜜を処分することについては何も言わなかった。

そういうことでマティルダは幼い頃から蜂蜜たっぷりの菓子やお茶を飲めたし、髪や肌の手入れにも蜂蜜を使っていた。そのおかげか、メイドから「お嬢様ほど御髪《おぐし》やお肌の美しい令嬢は、そうそうおりません」と言われるほど、髪と肌だけには自信が持てた。

……とはいえ、今年で二十四歳になったマティルダは社交界ではもうそろそろ結婚が難しい年齢にさしかかっている。だが両親から結婚の話が上がることはないし、ローズマリーの世話と経理の仕事で一日が潰れる自分に結婚相手を探す余裕もない。

（私はこのまま、男爵邸で一生を終えるのかしら……）

昔は、いつか自由になりたい、なってみせる、と思っていた。きっと、絵本の中に出てくるような王子様がマティルダを見初《みそ》めてくれる。もしくは……実は自分は男爵夫妻の実子ではなく、裕福で優しい本当の両親が迎えに来てくれる、と思っていた。

だが、そんなの夢物語だと思春期の頃には悟った。本当の両親はあの男爵夫妻なのだし、古びた帳簿とにらめっこするか愛らしい妹の車椅子を押して彼女の我《わ》が儘《まま》を叶えてあげるかしかできない自分を見初めてくれる王子様なんていないのだ、と。

（せめて、ローズマリーが元気になればいいのだけど）

子どもの頃のように頻繁に熱を出したりはしなくなったものの、ローズマリーが病弱であることは変わらない。

ここから出ていきたい。だがそうすると、妹を裏切ることになる。ローズマリーはマティルダの妹、守るべき相手なのだから、見捨てることはできない。

ここはマティルダが好きなハッピーエンドで締めくくられる小説の世界ではなくて、現実の世界なのだから。

＊＊＊

ある日、どこぞの上位貴族のご夫妻が夜会を開くということになり、ターナー男爵家の四人はそろって出かけることになった。

両親はローズマリーだけを連れていきたかったようだが、ローズマリーの介助をするために人手がいる。そして当の本人が「お姉様に車椅子を押してもらいたい」と言ったため、当初の予定を変更してマティルダも参加——という名のローズマリーのお世話係になることが決まった。

「貧相な格好をされると、私たちが困るからな」と言って父が押しつけてきたのは、ローズマリーの愛らしいサーモンピンクのものとは大違いの地味なダークブルーのドレスだが、自分にはこれくらいがちょうどいいと思えた。

（『イスカンデル物語』のアネットだったら、貧相な服を着て家の床磨きをさせられているところね）

両親はマティルダのためのおもちゃなどは買ってくれなかったが、ローズマリーが読まなかったたくさんの本は自由に読めたため、読書好きになれた。中でも架空の小説がお気に入りで、何かあるたびに「あの本の主人公なら、こうしたはず」とか「今のシチュエーションは、あの小説のあのシーンみたいだった」とかいったことを考えていた。

『イスカンデル物語』という小説の主人公アネットは、パーティーに出席する家族に置いていかれて床磨きをさせられていた。アネットのように埃まみれになったり指があかぎれになったりしないだけ、マティルダは幸せなのだろう、きっと。

メイドによって髪の手入れをされて化粧もしてもらったマティルダは自邸の玄関前で、車椅子に座っていた妹を抱き上げた。

「さあ、出発よ。掴《つか》まって」

マティルダがよいしょ、とローズマリーを抱えると、その間に使用人が車椅子を馬車に積み込む。そうしてマティルダはローズマリーを抱えて馬車に乗り、ふわふわの座面にそっと座らせた。

普通なら使用人がする仕事だが、ローズマリーは「お姉様の抱っこが、一番好き。他の人は嫌」と我が儘を言うので、マティルダの役目になっていた。幸いローズマリーは小柄で体重も軽いので、マティルダの腕でも少しの距離なら抱えて移動できた。

馬車は二台用意され、両親が乗る馬車が先行してその後を姉妹と車椅子を乗せた馬車が続く。妹とふたりきりも気まずいが両親がいるよりはずっと楽なため、マティルダは隣に座る妹の肩を抱いてとんとんと叩きながら、窓の外を見ていた。

（……今日も、お父様たちはローズマリーを見せびらかすのかしら）

両親が病弱なローズマリーを夜会などに連れていきたがるのはおそらく、可憐《かれん》で愛らしいローズマリーを皆に見てもらいたいからだろう。

ターナー家で販売される蜂蜜は高級品なので、商売相手は専《もっぱ》ら貴族だ。妹の世話を行い経理も行う姉と、病弱だが健気で愛らしい妹。そんなふたりを見て同情し、蜂蜜の定期購入を検討するという者も少なくないのだと、マティルダは実体験をもって知っていた。

いわば、男爵家の姉妹はターナー家の商売を支えるために使える集客要員。そのことを、ローズマリーは多分気づいていない。

（……ううん、気づかない方がいいわ）

妹の肩を抱きながら、マティルダはそう思った。

きらびやかな会場に到着するとマティルダはローズマリーを馬車から降ろし、車椅子に乗せる。そして両親の後を追って挨拶回りをしていると、貴族たちの関心はローズマリーに注がれた。

「おや、ローズマリー嬢は今日も大変愛らしいな」

「ごきげんよう、皆様。無礼とは存じますが、このままの姿勢でご挨拶させてくださいませ」

中年貴族に声をかけられたローズマリーが膝の上に両手を重ねてお辞儀をすると、周りの人々は感心したような声を上げた。

「いやいや、そのままで結構ですとも！」

「ご体調が優れないということですのに、本当によくできたご令嬢ですこと」

「マティルダ嬢も、妹君に手を貸して大変お優しいことだ」

マティルダも声をかけられたので、目を伏せてお辞儀をする。

「もったいないお言葉でございます。わたくしも、愛する妹の役に立てて光栄に存じます」

この言葉に偽りがないと伝わったようで、皆は納得したようにマティルダたちを見る。

「献身的な姉君に、健気な妹君……。これも、男爵夫妻の教育のたまものですな！」

「ああ、そういえばターナー卿。そちらで取り扱っている蜂蜜入りの洗髪料について、お伺いしたくて……」

商売の話になったからか、両親は目の色を変えて何度もうなずいた。マティルダはそんな両親と貴族たちに一礼して、ローズマリーの車椅子を押した。

「人混みの少ない場所に行きましょう。そちらの方が、ローズマリーもゆっくりできるわ」

不思議そうな顔で見上げてくるローズマリーに微笑みかけながら言い、マティルダは美しく飾られた会場ホールを歩き出す。

両親が商売の話をしているところを、あまり妹には聞かせたくなかった。自分が客寄せ道具になっていることに気づかせたくないのはもちろんのこと、「こいつからはいくらせしめられるだろうか」と値踏みするような目で相手を見る両親の顔を、ローズマリーには見せたくなかった。

ひとりで過ごすのにもう慣れてしまった自分と違い、ローズマリーにはもっと機会が与えられるべきだ。だからこういう夜会で両親の監視の目が緩んでいるときにでも、素敵な出会いがあればと思っていたのだが――

「……あら？　お姉様、あちらで何か起きているようだわ」

ローズマリーが白魚《しらうお》のような指先で示す先は、会場の奥にあるドアだ。マティルダたちが入場の際に通ったものとは違う、別室に繋がるもののようだ。確かに、半開きになったドアの隙間から何やら数名の女性たちが慌ただしく走り回っている姿が見える。

「そうね。あそこは招待客の方々が休憩の際に使う部屋だから、何か起きたのかもしれないわ」

「気になるわ。お姉様、あそこに連れていって」

嫌な予感はしていたが、案の定ローズマリーはそんなことを言い出した。

（ここで諭《さと》しても聞き入れてもらえないのは、学習済み……）

ローズマリーは気分が昂《たかぶ》ると体に熱が溜まるため倒れてしまうことがあるので、彼女を怒らせたり泣かせたりしてはならない。様子だけ見てなんとかなだめよう、と決めて、マティルダは半開きのドアの方に車椅子を進めた。

ドアの前に立つと、数名の貴婦人たちが中にいるのが分かった。「ひとり欠けてしまっては……」「ですが、代員が……」のような会話が聞こえる。

「お困りのようね。……もし、何かお手伝いできることはありませんか？」

「あっ、ちょっと……」

ローズマリーが声をかけてしまったためか、貴婦人たちがこちらを見てドアを全開にした。彼女らの手にはいずれも、同じ雰囲気の薄い冊子があった。

「あら……ごめんなさいね。声が聞こえていたかしら」

「何やらお困りのようだったので、わたくしたちでお力になれればと思いまして」

マティルダと相談することなくローズマリーが言うので、マティルダは内心冷や汗だらだらだ。

（ああ、もう！　この子は本当に、思いつきで行動して……！）

どう見ても「お手伝い」を必要としているのはローズマリーの方なのに、好奇心と妙な正義感が強いのか、すぐに他人の問題に首を突っ込んでしまうきらいがある。だからマティルダもできるだけ問題から妹を遠ざけようとするのだが、遠ざけたら遠ざけたでローズマリーを不機嫌にしてしまうので、さじ加減が難しい。

貴婦人たちはローズマリーが車椅子に乗っているのを見てすぐにぴんときたようで、「もしかして、ターナー男爵家のご姉妹？」と当てた。

「困っているといえばそうなのですが、お嬢さん方に頼ることはできませんよ」

「……だそうよ、ローズマリー。さあ、お父様たちの方に――」

「ではお話だけでも伺わせてください」

マティルダに被せてローズマリーが言うと、貴婦人は「お優しいのね」と目尻を緩めて、持っていた薄い冊子のようなものを目の高さに上げた。

「実はわたくしたち、マクレナン侯爵夫人のサロン仲間でして。これから侯爵夫妻のリクエストにお応えして朗読劇を行う予定なのですが、仲間のひとりが先ほど酒精の強いお酒を飲んでしまったために、喉を痛めたようで……」

マクレナン侯爵夫人とは、今回の夜会を主催する高位貴族の夫人だ。部屋の中には、水入りのグラスを手に青い顔をしている比較的若い貴婦人がいた。彼女が件《くだん》の人物だろう。

（夜会のホストから依頼された朗読劇となったら、失敗することはできないものね……）

ローズマリーはそれを聞き、「おいたわしいことです」としたり顔でうなずく。

「どうか喉を大切になさってくださいませ。……それで、代員はいないのですね？」

「はい。実は彼女が主役のマージョリー役で、彼女がいなくては劇が成り立たず……」

「えっ。もしかしてそれって、『悪女物語』ですか？」

「マージョリー役」と聞いて思わずマティルダが声を上げると、貴婦人たちが目を丸くした。

「あら、姉君の方はご存じでして？」

「え、ええ。『悪女物語』は実家にも蔵書がございまして、よく読んでおりました」

「稀代の悪女」と呼ばれるが実は正義の味方だったマージョリーという女性を主人公にした物語は、マティルダの愛読書のひとつだ。正しき心を持ちながらもあえて悪女の仮面を被るマージョリーの生き様はとても格好よく、その台詞《せりふ》を口に出して読んでみたりしたものだ。

それを聞いたローズマリーが、「まあ！」と手を打った。

「分かったわ！　これはきっと、神様のお導きね！　お姉様がその代役をしろ、という！」

「ローズマリー!?」

ぎょっとして妹を見るマティルダだが、貴婦人たちは興味を引かれたような眼差しになった。

「あら、もしかしてお芝居が得意ですの？」

「いえ、まさか――」

「お姉様はよく、ご自分の部屋で本を声に出して読んでらっしゃるの。あるときは騎士様、あるときはお姫様、あるときは農民になりきって、格好よく読まれるのですよ！」

（はいっ⁉　この子、見ていたの⁉）

叫ばなかっただけ、自分はよくやったと思う。

まさか、自室で登場人物になりきって本を音読している姿を、妹に見られていたなんて。それだけでも顔から火が出そうなほど恥ずかしいのに、なぜよりによってこの妹はそんな爆弾情報を初対面の人々の前で投下するのか。

もはや顔面が火山になったかのように湯気を立ち上《のぼ》らせるマティルダをよそに、喉を痛めた貴婦人がガタッと立ち上がった。

「本当に⁉　マクレナン侯爵夫人のご期待に背いてしまったらと申し訳なくて……」

「無理にしゃべらないでくださいませ！　……ターナー男爵家の、マティルダ様でしたか。もしよろしかったら『悪女物語』の第一部まででもいいので、代役になってくださらないでしょうか」

リーダー格らしい貴婦人に縋《すが》るような眼差しで見つめられ、マティルダは言葉に詰まってしまう。

（確かに第一部のマージョリーの台詞なら、台本さえあれば読めるけれど……でも！）

「大変光栄なお申し出ではございますが、わたくしは妹の介助を命じられており……」

「ああ、それなら大丈夫よ？　わたくし、ホールの隅でおとなしく見ているから」

ローズマリーはあっさり言い、きらきらの眼差しでマティルダを見てきた。

「わたくし、お姉様が舞台に立ったらさぞ見栄えがするだろうと思っていたの。だから、ね、お姉様。お姉様の格好いいところ、ローズマリーに見せてください！」

「ううっ……」

マティルダは、ローズマリーに弱い。そんな妹に「格好いいところを見せてください」なんてお願いされたら断れないし……ここで断ったら、ローズマリーを泣かせるかもしれない。

（……やるしかないわね）

「……分かりました。あの、素人ですので失敗するかもしれませんが」

「いいのですよ！　マージョリー役がいてくれるのなら、それで十分です！」

「よかったわね、お姉様！」

盛り上がる貴婦人たちはいいとしてローズマリーまでなぜか嬉しそうで、マティルダはがっくりと肩を落としたのだった。


その後、マティルダは第一部の間に喉を休める貴婦人から台本を借りてざっと内容を確認した。そして簡単な打ち合わせとリハーサルをして、時間になると貴婦人たちに連れられて部屋を出た。どうやら朗読劇は今回の夜会の目玉イベントのひとつだったようで、マティルダたちが会場の中央に設けられた舞台に上がるのを、百人以上の観客たちが見守っていた。

彼らの先頭、舞台が一番よく見える場所にいるのが、この夜会のホストであるマクレナン侯爵夫妻だろう。侯爵夫人の方はマティルダを見ると少し首をかしげたが、特に何も言わずに拍手をした。

会場の照明がゆっくりと落とされ、代わりにマティルダたちの足下にランプが置かれる。幻想的な雰囲気の中、「稀代の悪女」の朗読劇が始まる。

（やるしかない、やるしかない……！）

暗くなったおかげで貴族たちの顔があまりはっきり見えなくなったのが、好都合だった。

早速マティルダの台詞から始まるため、手汗でじっとり湿った台本を右手で握りしめ、左手を差し伸べて息を吸う。

『……おお、これぞ我《わ》が第二の故郷、我《われ》が王妃として守るべき国へと続く道であるか』

堂々としており、少し高飛車な雰囲気のある、マージョリー。小国の王女として生まれた彼女は政略結婚により、大国の王に嫁ぐ。これは、今から嫁入りのために国境を越えようとしているマージョリーが嫁ぎ先の国を眺めたときの台詞だ。

少し足は震えたものの、最初の台詞をきちんと言えた。そこから朗読劇は順調に進み、だんだんマティルダは物語に身を任せられるようになった。

マージョリーが国王との結婚式を終えて、夫が寝所《しんじょ》に来ない初夜を迎える。

『これが異国より嫁いできた妃に対する態度か？　侮辱か、もしくは戯れか？　許せぬ。あのすました顔の男の面を、拝んでやろうではないか』

マージョリーは放置された花嫁であることを嘆くようなたおやかな性格ではなく、寝所に来ない国王のもとに殴り込みに行く……というところで、第一部が終わった。

皆の拍手が聞こえた途端、ふつっと緊張の糸が切れたようで、マティルダはふらつきそうになった。

（あああっ、緊張した！）

「さすがです、マティルダ様！」

さりげなくマティルダの背中を支えながら一緒に退場してくれた貴婦人がそう囁《ささや》き、控え室で待っていた貴婦人も興奮の眼差しでマティルダを迎えてくれた。

「とても素敵でした！　ああ、このまま最後までマティルダ様に演じていただきたいくらいで……」

「そ、それは遠慮します。喉のご様子は？」

「おかげさまで、すっかりよくなりました。では名残惜しいですが、ここからはわたくしが」

「はい、お願いいたします」

マティルダは手汗で湿った台本をぱたぱたと振って貴婦人に渡し、「本当にありがとう！」

「よかったらまた、ご一緒しましょう！」と言う貴婦人たちにお辞儀をしてから、控え室を出た。この出口は廊下に繋がっているので、人気のない場所に出られてほっとした。

（なんとか終えられたわ……）

しばらくの間廊下の壁に身を預けて体を冷やしてから、さて、と体を起こす。ローズマリーは劇をこっそり見たかったようなので、会場の隅に車椅子を移動させているのだ。

（こっそりあの子を回収しに行かないと……）

そう思って、会場に続くドアの方に向かったのだが。

「……そこにいたのか、マティルダ！」

背後から怒声が飛んできたため、マティルダの背中がびくっと震える。……背中だけではない。一瞬、心臓が止まったかと思われるほどの衝撃に襲われた。

恐る恐る振り返った先には、顔を怒りで染めた父の姿が。

「お、お父様」

「おまえ、ローズマリーを放置してどこに行っていた⁉　あの子は会場の隅でひとり、泣いていたのだぞ！　おまえは妹の世話を投げ出して、遊びほうけていたな！」

朗読劇のことを話そうとしたマティルダだったが、父の叱咤《しった》を受けてぽかんとしてしまった。

「泣いて……？　い、いいえ。私はローズマリーにもお願いされて、朗読劇に――」

「言うに事欠いて、ローズマリーに責任をなすりつけるか⁉　朗読劇などを観に行くよりも前にすることがあるだろう！」

目を血走らせた父の怒鳴り声にマティルダは萎縮してしまったが、はっと気づいた。

父は、劇だの芝居だのにまったく感心がない。だから当然先ほどの朗読劇も見ていないだろうし、そこにマティルダが急遽代役として出演したなんてことも知らないのだ。

だがマティルダが口を開いた途端、パシン、という鋭い音と左頬への痛みが走り、ぐらりと世界が揺れてよろめいてしまった。後ろが壁でなかったら、尻餅をついていたかもしれない。

「え……」

「口答えするな！　おまえが何のために生きているのか、なぜおまえのような見栄えのしない役立たずを生かしてやっているのか、忘れたとでもいうのか⁉」

右手を振り上げた格好の父に怒鳴られて初めて、マティルダは自分が父親に叩かれたのだと気づいた。腕や腰など、服で見えなくなる箇所を杖で叩かれることは昔からたまにあったが、顔を叩かれたのは初めてだった。

だが父親による顔への暴力以上に、その言葉がマティルダを攻撃した。

（私が生かされているのは……ローズマリーのため？）

同じ親から生まれた姉妹なのに。見栄えがしないというのは、マティルダの努力が足りないからなどではないのに。……何のために生きるかなんて、まだ誰にも分からないのに。

（なんで、こんな……こんなことを言われないといけないの……⁉）

頬のじんじんとした痛みより、胸の奥から湧いてくる熱い何かの方が、マティルダを奮い立たせた。

おそらく反抗的な目をしていたのだろうマティルダを、父がにらみつけてくる。

「文句を言う暇があれば、会場に戻れ！　かわいそうにローズマリーは、私たちが見つけるまでひとりぼっちでいて……」

「……いい加減にして」

「……なに？」

マティルダは一歩踏み出し、父親をにらみつけた。

そこで初めて、マティルダは気づいた。子どもの頃から大きい、怖い、と思っていた父だが、いつの間にか自分は、彼のことを喉をそらして見上げるのではなくて、少しあごを上げるだけで目を見られるほどまで成長していたのだと。

「私の話を聞いて！　私はローズマリーのお願いもあって、朗読劇の欠員を補うための代役になったのです！」

「はっ⁉　で、ではなぜ、舞台を見たいと言ったのも、ローズマリーです！」

「そんなの本人に聞いてください！」

ローズマリーはふわふわとしていて頼りないが、嘘は言わない。どうせ父も母もローズマリーから詳しく話を聞かず、泣いている姿だけを見て早合点したのだろう。

案の定、父はローズマリーからきちんと事情を聞かずに飛んできたようだ。ぐっと詰まって言葉を探すように目線をさまよわせる父を、マティルダは冷たい眼差しで見ていた。……もしかすると今の自分の中にはまだ、「稀代の悪女」の魂が残っているのかもしれない。

生まれて初めて父親に反抗して——しかも勝機があるなんて、自分でも信じられない。

だが父は顔をしかめると、マティルダのドレスの胸元を掴んできた。

「きゃっ……!?」

「娘ごときが父親に反抗するな！　まだ痛めつけが足らないというのか!?」

やけになったかのように叫び、父が右の拳を固めた——瞬間。

「……こんな場所でも劇が行われていたのか」

カツン、とブーツの音を立てて、誰かが近づいてきた。からかうようなその声が若い男性のものだったからか、父はぱっと拳を引っ込めた。マティルダを掴んでいた手も放したので、マティルダはその場に座り込んでしまった。

「っ……誰だ!?」

「廊下の片隅で繰り広げられていた劇の、最初の観客だ」

どうやら後方から誰かが来ているようだが、マティルダはうなだれて、呼吸を整えるので精一杯だ。

父は最初、近づいてくる人物を軽んじていたようだ。だが間もなく、はっと息を呑んだ。

「おま……あ、あなたはもしや!?」

「ごきげんよう、ターナー男爵。物陰でうら若い女性に無体《むたい》を働くとは、いただけないな」

「い、いや、これは娘でして……」

「それはますますいただけない」

男はそう言ってマティルダの背後で足を止めると、とんとんと肩を叩いてきた。

「立てるか。手を出しなさい」

「……申し訳ございません」

そう言いながらゆっくり振り返ったマティルダが右手を差し出すと、彼は手を握ってぐっと引き上げてくれた。

──黒真珠のような目が、マティルダを射貫いた。

星明かりをバックに逆光になっているため黒っぽく見える彼の目が、マティルダを見つめている。廊下の奥から吹く風を受けてかすかになびく肩先までの長さの髪は、赤みがかった金髪。白地に金色のアクセントが入った礼服姿の彼の顔かたちは整っているものの、その表情は硬くて厳しい。

（どちら様……？）

少なくとも、男爵家の常連客ではない。だが彼のジャケットの胸元には、入り組んだ形の模様が刺繍されていた。貴族は皆、何らかの形で家紋を身につけている。その形には一定のルールがあるので、彼の模様が盾のような下向きの五角形であることから、辺境伯の身分を表すと分かる。

父が先ほどいきなり態度を変えたのも、この男性の身分が分かったからだ。マティルダと同じくらいの年頃と見えるので、おそらくどこかの辺境伯家の令息だろう。成り上がり貴族のターナー男爵が太刀打ちできる相手ではない。

ふと、青年の視線がマティルダの左頬に注がれた。まだそこはじんじんと痛むので、叩かれたせいで赤くなっているのかもしれない。

「……父親に叩かれたのか」

「い、いえ！　それは……先ほど娘がそこで、転びまして……」

マティルダに言わせまいと父が出しゃばったが、青年はふんと冷淡に鼻で笑った。

「左頬だけを打つように器用に転べる人間なんて、そうそういまい。それより……ターナー男爵。少し、男爵令嬢と話したいことがある」

「そ、それは――」

「嫌ならば、構わん。この頬を腫らした娘と一緒に、会場に戻れ。……戻れるものならばな」

マティルダの頬の腫れは、誰が見ても暴行の痕だと分かるものだったのだろう。

父は悔しそうに歯を噛みしめて顔を赤くしたり青くしたりしてから、マティルダをじろっと見た。

「……用が済んだらすぐに表に来い。ローズマリーを連れて、帰るぞ」

「……はい、かしこまりました」

ようやく父から離れられると分かって、マティルダはほっとしつつそんな気持ちが表に出ないよう気をつけながら、お辞儀で父を見送った。

父がいなくなってから、傍《かたわ》らの青年が息を吐き出した。

「……ずいぶんと安心しているようだが、俺のような得体の知れない男とふたりきりになって怖くはないのか」

「父と一緒に帰るよりは、ずっとましなので」

マティルダがそう返すと、青年は「そうか」と小さく笑った。マティルダの返事が、お気に召したのだろうか。

「では、少し時間をもらいたい。だがその前に、顔を冷やさなければな」

「いえ、もう熱は引いていますし、後は放っておけば大丈夫です」

「そうはいくまい。客室をひとつ取っているから、そこに行こう」

青年はそう言ってから歩き出し、何か思い出したかのように足を止めて振り返った。

「……部屋にはメイドを同席させる。間違いなど起こらないから、安心してくれ」

「大丈夫です。私、そんな心配はまったくしておりませんので」

この青年は、マティルダが再び父に殴られる前に割って入ってくれた。その正体は分からないが、今のところマティルダの中では「父よりはずっとましな、いい人」の部類に入っている。そんな人を疑うはずがない。

そう思って自信満々に言ったのだが、青年は「……少しは心配しろ」とつぶやいてから歩き出した。

青年に連れられて向かった先は、侯爵邸の客室だった。

（高位貴族のごく一部の方は、それぞれ特別に休憩室を用意されているとか。五角形の家紋の力は、本物なのね）

室内にはメイドだけでなく複数の使用人たちがおり、彼らは青年を見てお辞儀をした。

「旦那様、お戻りですか」

「ああ、客を連れてきた。負傷しているので、手当てをしてやってくれ」

「かしこまりました」

青年の指示を受けてすぐさまメイドたちが冷水で冷やしたタオルを持ってきて、マティルダの顔に当ててくれた。それだけでなく、先ほどのやりとりの間に崩れていたらしい髪も整え、化粧も一旦全て落としてからきれいに直してくれた。

「申し訳ございません、何から何まで……」

「旦那様のお客様ですので、当然です」

メイドはそう言って、温かいタオルを広げて差し出してくれた。それで両手を温めてもらっていたマティルダは、まだ青年の名前を聞いていないことに気づいた。

「あの、今更ですが。あの方はどちらの辺境伯家の方でしょうか」

「俺は、クレイン辺境伯家のカーティス・クレインだ」

答えたのはメイドではなくて、青年本人だった。マティルダが化粧直しをしている間は別室にいた彼は戻ってきて、マティルダの向かいのソファに腰を下ろした。明るい室内に来て初めて、マティルダは彼の目が珍しい紫色であることに気づいた。

（クレイン辺境伯？　それってわりと最近、当主が代わったばかりのところだったような）

貴族の奥様たちから聞く情報を思い出そうとしていると、カーティスは肩を落とした。

「聞いたことがあるかもしれないが、クレイン辺境伯家は元々俺の伯父が家督を継いでいた。俺は一年ほど前に襲爵《しゅうしゃく》したばかりで、おそらく男爵令嬢より若造だ」

「そうなのですか？　私は二十四歳で、同じ年頃だと思ったのですが」

「俺は二十二だ。まさか爵位を継ぐことになるとは思っていなくて、今も領地経営に忙しくてこんな夜会に来ている場合ではなかった……のだが、来てみるものだな。おかげで、いい出会いができた」

そう言って秀麗な顔をほんの少し意地悪そうに歪めるので、マティルダは眉根を寄せた。おそらく彼の言う「いい出会い」とはマティルダとの邂逅《かいこう》のことを示すのだろうが、あまりロマンチックな響きに思えなかった。

（何か企んでらっしゃるのかしら……あ、もしかして！）

「クレイン辺境伯閣下にお助けいただいたこと、感謝しております。ですがこれはあくまでも家族内でのいざこざですので、これ以上お手を煩《わずら》わせるわけにはいきません」

「落ち着け。俺は迷惑料をせしめたいわけではないし、男爵家の経営を乗っ取ろうなんてことも考えていない」

マティルダが心の隅で危惧していた点を先んじて潰したカーティスは、すらりとした脚を組んだ。

「男爵令嬢。まずは、おまえの今の状況について聞かせてもらいたい」

「そんな、おもしろい話はできませんよ」

「おもしろさを求めているわけではない。人の往来がない廊下とはいえ、夜会開催中の他人の屋敷で娘を殴るなんて、そうそうあることではない。そうなった経緯や……あと、いろいろ吐き出したいことがあるなら言ってくれ」

やけに親身になってくれるカーティスに、安堵より不信感が湧いてくる。

（……何のつもりかしら）

マティルダを父親から引き離して手当てをするのに加えて、カウンセラーにでもなってくれるつもりなのだろうか。だが彼の紫色の瞳からはそんな甘い雰囲気は感じられず、むしろ鋭い針のようなぴりぴりとしたものが伝わってくる。

（……ここでだんまりを決め込んでも、いいことにはならないわね）

ならば、ということでマティルダは、自分が男爵家でどのような扱いを受けているのかについて話した。別に、口外してはならないわけではない。する機会と相手が、今までなかっただけだ。

最後には愚痴のような感じになってしまったもののマティルダがあの廊下でカーティスが駆けつけるまでの間に起こったことを話すと、彼は「なるほどな」とうなずいた。

「養蜂で一財産築いた、新興男爵家。なんとなくきな臭いとは思っていたが、こういうことだったか」

「……告発なさいますか」

「男爵が娘を経営の広告塔にしていた、娘を殴った、なんてことくらいで司法は動かない。娘への教育の一環だと言われたらそこまでで、おまえが後味の悪い思いをするだけだ。……だが、おまえも親の言いなりになるのはそろそろ嫌なのではないか？　だからこそ、あのとき父親に逆らったのだろう？」

どうやらカーティスは、割って入る少し前から様子を見ていたようだ。父親に反抗したところを見られていたと分かり顔が熱くなるが、カーティスはおもしろがるように笑った。

「このまま、実家に戻るのか？　また、帳簿にかじりつくか妹の世話をするかの日々に戻るのか？」

「……帳簿付けは趣味みたいなものですし、妹の世話は姉の役目です」

「それは違う。おまえにはおまえの生き方があり、それを選ぶ権利があるはずだ」

カーティスが断言したため、マティルダは目を見開く。

そんなの、今まで誰にも言われたことがなかった。「妹の世話ができて偉いわ」と褒《ほ》められるか、「それが姉の役目だ」と当然扱いされるかの、どちらかだった。

思ってもいない言葉をかけられてたじろぐマティルダを見て、カーティスは言葉を続ける。

「……ということで、俺はおまえにひとつの『生き方』を提示したい」

「『生き方』……？」

「ああ。……俺と、契約結婚しないか」

カーティスは真面目な顔で、そんなことを申し出てきた。

「……何ですって？」

「まずは、俺について話をさせてくれ」

とんでもない単語に思わず声を上げたマティルダをなだめ、カーティスは話し始めた。

カーティス・クレインは元々、クレイン辺境伯の甥だった。母親の兄が辺境伯でカーティスとは少し年は離れているものの従弟もいるので、カーティスは貴族の縁者というだけの気楽な立場だった。思春期に領地を離れて王都の寄宿学校で勉学と鍛錬に励み、卒業後は王国騎士団に所属した。

だが今から一年ほど前に、伯父の辺境伯が急な事情により引退することが決まった。従弟はになった。

未成年ゆえに襲爵できないため、彼が成人するまでの間のみカーティスが辺境伯位を継ぐこと

（小説とかでも、「つなぎの皇帝」とかが出てくるわね。その辺境伯版ということかしら）

なるほど、とカーティスの境遇を理解したマティルダだが、カーティスの表情は晴れない。

「そういうことで、俺はあと四年もしたら引退して、騎士に戻る予定でいる。……だが、俺に縁談を勧める者が多くて。数年もすれば平民に戻る俺に縁談なんて振られても、困る」

「……令嬢からすると結婚しても数年のうちに平民になってしまうなんて嫌でしょうし、自分の子どもが爵位を継げないというのも不満でしょうね」

縁談を勧めてくるのはおそらく、令嬢たちの父親の方だろう。だが令嬢たちからすると、いずれ平民落ちする男のもとに嫁ぎ、しかも子どもが生まれても爵位を継げないなんて、ハズレくじもいいところだ。カーティスにとっても令嬢たちにとっても、迷惑な話でしかない。

「ああ。そういうことだからこれまでかわしてきたし、正直今の俺は辺境伯としてやっていくだけで精一杯だ。だがいちいち縁談を断るのも煩わしいし、だまし討ちのように見合いの席に連れていかれたときにはティーテーブルを叩き割ってやろうかと思った」

それはさすがに、カーティスに同情した。ただでさえ多忙なのにそんなことをされたら、怒っても仕方がない。

は、とマティルダは息を呑んだ。

「あの、もしかして先ほどおっしゃった『契約結婚』というのは」

「勘がいいようだな。俺は従弟に爵位を譲るまでの約四年間、お飾りの妻となってくれる女性を探していた。……実は先ほどおまえが朗読劇をしているところを見ていて、ぴんときたんだ。この男爵令嬢は肝が据わっていて、芝居も得意そうだとな。さらに様子を見ていれば、実家の両親との仲は険悪ときた。……どうだ？　俺に協力してくれるなら、あの暴力親父から守ってやるぞ」

試すようなカーティスの言葉に、マティルダの心が揺さぶられる。

守ってもらえる。あの家から、マティルダを連れ出してくれる。

ごく、とつばを呑み、マティルダは姿勢を正した。

「とても魅力的なお話ですね。ですが今の内容だと、従弟君が爵位を継がれた後の私は用済みどころか邪魔者になってしまうのではないですか？」

「確かに契約妻としての役目はそこで終了だろうが、だからといって男爵家に送り返すほど俺は鬼畜ではない。何だかんだ理由をつけて離縁した後、辺境伯領のどこかで暮らせるよう手配するくらいの甲斐性はある。さすがに貴族との再婚は難しいだろうが、平民なら相手を斡旋《あっせん》するくらいできる。さすがに契約妻である間ほど贅沢はさせてやれないが、不自由のないように配慮する」

「それは……もったいないくらいです」

「それくらい、俺には四年間防波堤になってくれる妻が必要なんだ」

なるほど、ここまでマティルダに好条件を出してくれるのも、それだけ彼が焦っているからなのだ。

（……ん？　それならひょっとして）

「ではもし私があなたの想定以上の働きを見せれば、追加報酬もいただけますか？」

無礼を承知で切り出すと、カーティスは不快そうにするどころか愉快そうに目を細めた。

「さすが商家の娘、交渉もお手の物ってところか。確かに、相応の働きをした者に追加報酬を与えるのは当然のことだ。なんだ、今から希望でもあるのか」

「妹の治療をお願いしたいのです」

マティルダが迷うことなく言うと、カーティスの紫色の瞳が揺れた。

「妹？　それはあの、おまえが世話を押しつけられているという？」

「はい。あの子は乳児の頃から病気がちで、ご覧になったかもしれませんが今も車椅子生活を送っています。あの子のもとに優秀な医者を派遣することを、追加報酬にしていただけませんか」

「男爵家には、専属の医者がいるだろう」

「はい。ビルという、父が若い頃から仕えている医者がおりますが……彼でも完治は難しく、小康状態を保つのが精一杯なのだそうです。それでも、チャンスはほしくて」

ビルが処方する薬を飲まなければ、ローズマリーはベッドから起き上がることもできない。ビルには感謝しているのだが、辺境伯家が推薦する医者ならば別の治療法を見つけてくれるかもしれない。

カーティスは眉根を寄せて、腕を組んだ。

「そこまでして、おまえは妹を救いたいのか」

「はい、たったひとりの妹なので」

「……分かった。約束しよう」

「ありがとうございます！」

「検討する」や「後ほど考える」ではなくて、「約束する」と言ってくれたことに安堵して胸をなで下ろしていると、カーティスがソファから立ち上がった。

「ではこれより、俺たちは雇用関係……というよりむしろ、戦友になる」

「戦友……」

「俺はおまえが倒されたら困るし、おまえも俺が倒れたら困る。お互いがやられないよう、背中を守り合う戦友みたいなものだろう」

カーティスの言葉に、マティルダはほんの少しだけ気持ちが浮き立つのを感じた。

（戦友……！　まるで、『フィオソラ戦記』に出てくるイゴールとマージみたいだわ！）

『フィオソラ戦記』という架空の歴史小説に出てきたイゴールとマージは性別を超えた絆で結

ばれており、まさに「戦友」と呼ぶにふさわしい関係だった。自分とカーティスもあのふたりのような間柄になるのだと思うと、つい興奮してしまった。

「かしこまりました。では、クレイン辺境伯閣下。どうぞよろしくお願いします」

「カーティスでいい。よろしく」

ふたりはテーブルを挟んで、手を握り合った。色気の欠片《かけら》もない所作だが、マティルダにとってはこれくらいがちょうどいい。

マティルダはこれから幸せいっぱいな花嫁――を演じる、最高の役者なのだから。

※※※

カーティス・クレインから見たマティルダ・ターナーの第一印象は、「気の強そうなじゃじゃ馬」だった。

義理で参加した夜会で、望んでもいないのに令嬢たちに寄ってこられて辟易《へきえき》していたカーティスが廊下で出会ったのは、養蜂業を営むターナー男爵家の父娘だった。「陰でうら若い女性に無体を働くとは、いただけないな」と嘯《うそぶ》いたが、愛人関係で揉めているのではなくて親子喧嘩であることは最初から分かっていてかまをかけた。

マティルダは、カーティスが契約結婚を提案してもさほど驚くことなく、淡々と言葉を聞き入れた。物分かりがいい女は好きだが、よすぎるのは逆に胡散《うさん》臭い。

だが彼女はカーティスの提案を受け入れるだけの能動的な女ではなくて、「追加報酬」まで求めるようなちゃっかりした性格をしていた。

（悪くないな）

しおらしくてすぐ泣くより、ちゃっかりしている方がいい。これほどさっぱりした女性ならカーティスも淡々と接することができるし、別れのときにも後腐れなく解散できるだろう。

「かしこまりました。では、クレイン辺境伯閣下。どうぞよろしくお願いします」

「カーティスでいい。よろしく」

テーブルを挟んで、契約締結の意味を表す握手を交わす。

その手はカーティスのそれより小さかったが、握る力はしっかりしていた。

# 2章　辺境伯夫人は仮面を被る

マクレナン侯爵邸を辞した後、自邸に帰ったマティルダを待っていたのは怒る父と母だった。

「こんな時間まで、あの男と何を話していた！」「おまえのせいで、ローズマリーがずっと塞ぎ込んでいるのよ！」と騒ぐ父母を、マティルダは冷めた気持ちで見ていた。

（……不思議。ずっとこのふたりに逆らってはならないと思っていたのに、今はちっとも怖くない）

それはきっと、マティルダが懐から出して両親の前で広げて見せた書状のおかげだろう。

書状には、クレイン辺境伯カーティスとマティルダの結婚について書かれている。文末にカーティスのサインとクレイン辺境伯家の家紋の判子が捺《お》されたそれを、両親は食い入るように見ていた。

「騙されているのではないか？」と商人らしい疑り深さで尋ねてきた父親だったが、翌日には辺境伯家の使者が男爵邸を訪れ、改めて「男爵令嬢マティルダ様を、カーティス・クレインの妻として迎えたい」という旨を伝えてきた。

ここにきて両親はあの書状が本物だったと信じたようで使者を丁重にもてなし、しかもカーティスが「大切なご息女を急にもらい受けるため」ということで持参金は不要だと言っていると知ると、目の色を変えた。

（つくづく、お金のことしか頭にない人たちね）

使者に媚びる両親を眺めながら、マティルダはそう思っていた。

使者が帰った後で、マティルダはローズマリーの部屋に行った。妹は昨日帰宅してからずっと伏せっていたので、会うのは約半日ぶりになった。

「昨日はごめんなさい、ローズマリー」

「ううん、お姉様は私のお願いを聞いてくれたんだもの。お父様たちにも、ちゃんとお話ししたわ。私が泣いていたのは、お姉様の演技がとっても素敵だったからだ、って」

ベッドから体を起こしたローズマリーはそう言って、ふんわりと笑った。本当に、笑顔とその言葉で人々から愛情をもらう才能に溢れた妹だ。

「それならよかったわ。……実は私、もうすぐお屋敷を離れるの」

「えっ、どうして？」

「実は……」

そうしてマティルダがカーティスのこと——もちろん、契約結婚のことは伏せる——を話すと、ローズマリーは灰色の目を見開いた。

「お姉様が、クレイン辺境伯家にお嫁に……？」

「ええ。どうやら辺境伯閣下も昨夜の朗読劇をご覧になっていたようで、そのときに私を見初めてくださったそうなの」

「………」

「ローズマリーのことなら、皆にきちんとお願いをしておくわ。お姉様がいなくてもローズマリーが困らないようにするから、安心してね」

マティルダが話していると、ローズマリーが身を乗り出してきた。

「ねえ、その辺境伯閣下って、どんな人？　おじいさん？　それとも、おじさん？」

「私よりふたつ年下のお若い方よ。……そんなに年齢、気になった？」

やけに勢いがあると思って尋ねるが、ローズマリーは「お姉様の、ふたつ年下……」とつぶやくと、ゆっくりとまぶたを閉ざした。

「……なんだか疲れたわ。寝てもいい？」

「えっ？　ええ、もちろんよ」

「うん。じゃあね、お姉様」

そう言うなりローズマリーはもぞもぞと布団の中に潜り込んでしまった。ここまでされると居座ることもできず、マティルダは消化不良な気持ちを抱えながらも妹の部屋を出た。

（ローズマリー、変な感じだったわね）

カーティスの年齢は気にしていたようなのに、それを聞くなりあっさり興味を失ったように見えた。体調が悪くて、考えるのが面倒になったのかもしれない。

（……まあ、出発までの間にゆっくり話す機会はあるわよね）

廊下の途中ですれ違ったローズマリー付き医者のビルに会釈をしながら、マティルダはそう考えた。

……だが残念ながら、婚約期間を大幅に短縮しての嫁入りまでの間、マティルダは帳簿の引き継ぎ作業やローズマリーの世話についての指示出しなどに追われたしローズマリーも伏せったままだった。そのため姉妹の語らいの時間を持つことなく、マティルダは男爵邸を離れることになってしまったのだった。

＊＊＊

ここモート王国における「結婚」は、王族と貴族、平民でその様相がかなり異なっている。

王族の結婚では華やかな儀式が執り行われ、結婚式の前後三日間は国中でお祭り騒ぎになる。またパレードも行われ、幸せいっぱいの新郎新婦を見ようと国中から人々が押し寄せてくる。

それに近いのが平民で、教会に婚姻届を提出してから身内や町の人々を招いてのちょっとしたパーティーを開く。特に中流階級のパーティーがどんちゃん騒ぎのにぎやかなものになり、飲めや歌えの大盛り上がりになるとか。

一方の貴族は、婚姻届を教会に提出してそれで終わりだ。そして結婚してからだいたい一年の間に自邸でパーティーを開いたりよそのパーティーに夫婦で出席したりして、皆にお披露目や挨拶をするのが定例である。

よってマティルダは王都の教会に婚姻届を提出した後、男爵邸での片付けなどを終えるとすぐに辺境伯領に向かうことになった。お披露目をするのは、後日になる。

「そのときに、皆様に受け入れてもらえたらいいけれど……」

「何をおっしゃいますか。お嬢様なら大丈夫に決まっています！」

辺境伯領に向かう馬車の中で、マティルダは向かいの席に座る若い女性と話していた。

栗色の髪をお下げにした彼女はローズマリーと同じ十九歳で、男爵家でメイドとして働いていた。カーティスが「お付きは、ひとりだけなら連れてきていい」と言ったので、マティルダは彼女を指名したのだ。

「ありがとう、カレン。でも私はもう『お嬢様』ではないわ」

「あっ、そうでした！　失礼しました、奥様」

えへへ、と照れたように笑うカレンを見ていると、これから知らない場所に向かうマティルダの緊張もかなりほぐれた。

仕事ぶりは並であるもののマティルダにも丁寧に接してくれてかつ、明るくて気の利くカレンだからこそ、彼女を連れていこうと決めた。指名されたカレンが「喜んで！」と満面の笑みで即答してくれたのが、また嬉しかったものだ。

カレンだけには、契約結婚のことを教えている。それを聞いて最初こそ怪訝《けげん》そうな顔をしていたものの、マティルダが男爵夫妻から冷遇されているのを目の当たりにしながらも何もできずに歯がゆい思いをしていた彼女は、全力で応援してくれた。

＊＊＊

十二日間の馬車の旅の末にたどり着いたクレイン辺境伯城は、三角に近い形をした領土の中央付近に位置していた。クレイン辺境伯領はモート王国の北東に位置しており、北と東にそれぞれ国境を有している。現代はそれほどでもないが隣国との衝突の絶えなかった過去には、クレイン辺境伯領がモート王国を守る要となっていたという。

そういった過去を持つからか、辺境伯城は王都にある屋敷のような優美な造りではなくて、堅牢で頑強、俗な言い方をすれば「ごつい」見た目をしていた。建物の高さよりも広さを優先させ、敵襲に備えられるような構造になっているのも特徴だった。

「見た目もさることながら、門の先も物々しいわね」

「殺風景、というやつですね」

カレンも言うように、重厚な門をくぐった先に広がる庭は石垣を組んだ迷路のような形になっており、花などはほとんど植えられていない。石垣や壁の上が洒落《しゃれ》た形になっていると思ったが、よく見ると渦状に巻いた鉄条網だった。この城の役目は客人をもてなしたり花を愛でたりするためではなく軍用であることが、あちこちから見て取れた。

カーティスは婚姻届を提出して先に領地に戻っており、この城で合流することになっていた。

執事が開けたドアを通って玄関に入ったマティルダを迎えるカーティスは、王城で見かけたときのような礼服ではなくて軍服姿だった。ジャケットの胸元や肩かけマントにも、クレイン辺境伯領の家紋が刺繍されている。

「よく来てくれた、マティルダ嬢――いや、我が妻よ」

使用人たちがずらりと控える中、マティルダのもとに歩いてきたカーティスはそう言って、背後に控える者たちを手で示した。

「ここが、クレイン辺境伯城だ。何かあれば、彼らに言えばいい。今日からおまえはここの女主人なのだから、遠慮することはない」

「ありがとうございます、カーティス様……旦那様」

マティルダはお辞儀をしてから、使用人たちの顔をざっと見た。

マティルダが契約妻であることを知っているのはごく一部の上級使用人――執事と家政婦長《ハウスキーパー》、カーティス付きの従者くらいだという。さらにマティルダが実家から連れてきた際に侍女に格上げになったカレンも入れた四人が、マティルダに何かあったときに頼れる相手だ。

（辺境伯城ともなると、主人とメイドたちとの距離は遠くなる。カレンさえそばにいてくれれ

ばなんとかなりそうね)

カーティスはマティルダをちらっと見てから、右手に持っていた軍帽を被った。

「では俺はこれから、出てくる」

「……もう夕方ですよ?」

つい、ローズマリーが「今からお外に行きたい!」と言ったときと同じ雰囲気で返してしまい、しまったとマティルダははっとする。カーティスがいつどこに行こうと、マティルダには関係ない。下手に口を出しても、うるさがられるだけだ。

だがカーティスは従者から剣を受け取り、それを腰に下げながら肩をすくめた。

「領地を回ってくる。夕食は外で食べるし帰りはいつになるか分からないから、おまえは先に寝ておけばいい」

「……かしこまりました」

言うだけ言うと、カーティスは従者を伴って出ていってしまった。新婚生活が始まって数分で、仕事のためとはいえ夫が姿を消すとは。

(でも、私がゆっくりできるようにするための気遣い……という可能性もあるわね)

もしそうならカーティスに感謝したいし、そうでなくても別にマティルダは困らない。

主が出ていった後の使用人たちはマティルダに丁寧に接し、夫人用の部屋に案内してくれた。

「本城はご覧のとおり扁平な形をしており、主屋《おもや》が三階、翼棟《よくとう》が二階構造となっております。

主屋が辺境伯家の居城で、西翼が主に客人を迎える迎賓館、東翼が私兵団の駐在所となっております。使用人の部屋はわたくしや執事たちのみ主屋、他の者は西翼の半地下にございます」

四十代とおぼしき家政婦長が主屋の廊下を歩きながら説明するのを、マティルダの半歩後ろをついてくるカレンがふんふんと一生懸命聞いていた。屋敷の構造については、マティルダよりもカレンの方が先に覚えて勝手を知っておくべきだからだ。

家政婦長はマティルダたちを、主屋三階に案内した。

「この階に旦那様と奥様のそれぞれの私室や寝室、浴室などがございます。食堂などは一階にございますが、もし奥様がご希望でしたら奥様の私室で食事ができるように手配します」

確かに、今晩のようにカーティスがいなければ広い食堂でマティルダがぽつんと食事をすることになる。それは寂しいし、落ち着かないだろう。

「今日のように旦那様がいらっしゃらない日は、自室で取るわ。それ以外の日は……旦那様が同席をご希望ならば」

「かしこまりました、では早速今晩はお部屋まで運ばせますね」

「ええ、ありがとう」

続いて家政婦長は、広々としたマティルダ用の私室の説明をしてくれた。

（思ったよりも、家具が充実しているわね……）

もっと殺風景でも仕方ないと思ったが、部屋には新しいカーテンや絨毯が用意されており、優しい飴色の光沢を放つデスクや座り心地がよさそうなソファなど、必要なものが十分すぎるほどそろっていた。カレンがわくわくした様子で開けたクローゼットの中にもドレスがずらりと並んでおり、いざとなったら二、三着をローテーションで着ることも覚悟していたマティルダは、カーティスの準備のよさに感じ入っていた。

（私の追加報酬についても快諾してくださったし……かなり甲斐性があるのかもしれないわ）

マティルダが何を好きなのか分からなかったからか、ドレスや靴、アクセサリーなどは色やデザインがまちまちだが、マティルダが困らないように心を砕いてくれたことが分かる。

「すごいですね！　旦那様って、いい人なのですね！」

家政婦長が去ってふたりきりになった部屋でカレンが言うので、マティルダは微笑んだ。

「悪い人ではないとは思っていたわ。もっと雑に扱われても仕方ないと思っていたけれど……」

「滑り出しがいいのはよいことですね！　それでは今晩は、こちらで過ごされますか？」

「そうね……」

マティルダは首を横に向け、だんだんと夜の色に染まりつつある殺風景な庭を眺めた。


深夜過ぎ。

辺境伯城の主屋三階にある夫婦用の寝室のドアが、音もなく開いた。

「おかえりなさいませ、旦那様」

「……なぜ起きている」

カーティスが解せぬ、と言わんばかりの表情でつぶやいたため、ベッドに腰かけていたマティルダは小さく笑い、読んでいた本をサイドテーブルに置いた。

「先に寝ておけばいい、と言われましたので、寝なくてもいいのだと判断しました。お邪魔でしたら、私は私室で寝ます」

「いや、少し待て」

カーティスは髪をぐしゃっと握り、ため息をついて言った。夕方よりも彼の赤金髪がへたっているように見えるのは、寝る前に風呂に入ったからだろう。

カーティスはマティルダのもとまで来てからぐるりとベッドを迂回し、背中合わせになるような形でベッドに座った。

「おまえも分かっているだろうが、俺は従弟を後継者として指命している以上、子どもを持つわけにはいかない。だから俺は、おまえに子を産むことを求めはしない」

「はい、もちろんです」

「だが、別室で寝ると事情を知らない使用人たちに感づかれかねない。よってこれから基本的に俺たちは共に寝るが、寝るだけだ。このベッドは互いの一日の行動について報告し、就寝し、翌朝には予定を確認し合うための場とする」

「実に効率的でよいと思います」

マティルダは力強くうなずいた。

カレンは「初夜ですからね」と言って透け感ばっちりのナイトドレスを着せようとしてきたが、「少し肌寒いから」と言い訳をして普通のものを着ていた。「私はあなたとどうこうするつもりはまったくありません」という意思をマティルダの方からも訴えていて正解だったようだ。

カーティスは生真面目な顔でうなずき、靴を脱いでベッドに上がった。

「では翌朝以降だが……俺はすぐに出かける。行き先はいちいち聞かないでくれ。やましいところに行くからではなくて、行き先が多いしその日の事情で変更したりするから、言っても意味がないんだ」

「そういうことでしたら、了解しました。して、私がするべきことはありますか？」

「ない。よく食ってよく寝ていろ。ただし、外出はするな」

まさかの、外出禁止令発令である。

「散歩に行くのも、だめなのですか？」

マティルダが食い下がると、カーティスは渋い表情でため息をついた。

「……今は、辺境伯夫人の顔見せをする時期ではない。我慢してくれ」

「………………」

「もう質問はないな。では、おやすみ」

「はい、おやすみなさいませ」

就寝の挨拶を終えるなり、カーティスは毛布の中に入ってしまった。これ以上マティルダとやりとりをするつもりはないようだ。

（驚くほど事務的……。でも、やりやすいといえばやりやすいわね）

マティルダとて、夫から甘い言葉を吐かれることなんて期待していなかった。何もすることがない、というのは拍子抜けだが、思えばこれまでの人生は「よく食ってよく寝る」こともまともにできなかった気がする。

（……明日から、どんな日々になるのかしら）

まったく予想もできない未来を頭の中に描くのも不毛で、マティルダも毛布に入りカーティスに背中を向ける形で寝転がった。

＊＊＊

マティルダとカーティスの結婚までの経緯については、「マクレナン侯爵邸で開かれた夜会で、飛び入りで朗読劇に参加したマティルダに一目惚れしたカーティスの熱烈なアピールにより、結婚が決まった」という筋書きになっていた。よって、表に出る際には「夫から愛されて愛されて困っているの」というくらいの初々しい新妻の演技をする必要がある。

つまりその演技力を披露するときまで、マティルダは暇だ。そしてそんなマティルダに熱く言い寄り結婚をもぎ取ったという設定になっている夫は、仕事に出てばかりだった。

「まさに、『愛と荊《いばら》』に出てくる伯爵夫妻みたいな状況ね」

「それって、結婚して判明した妻の放蕩《ほうとう》ぶりに夫が辟易《へきえき》して妻との距離を取る、ってお話ですね？　奥様は悪女ではないのだから、全然違いますよ！」

マティルダのつぶやきに鋭く反応したカレンは、マティルダの黒髪に櫛《くし》を通しながらぷんぷん怒っている。男爵邸にいた頃にマティルダが部屋に置いていた本をカレンも読んでいたため、彼女にも物語を使ってのたとえやジョークが通じるのでマティルダはとても嬉しかった。

マティルダが辺境伯城に来て早十日が経ったが、夫のカーティスは城にいない時間の方が長いくらいだった。朝早くに城を出て帰ってくるのは早くて夕方、遅ければ初夜のように深夜を過ぎてからで、マティルダが先に寝ている日の方が多いのではないだろうか。

ただしメイドたち曰く、結婚してからこうなったのではなくて、彼が去年辺境伯になってからずっとこんな感じらしい。それどころかこれまではやつれた顔で朝帰りすることもままあったので、今はましになったくらいだとか。

「旦那様って、そんなにお忙しいのかしら」

「どうなのでしょうか……。というか辺境伯のお仕事って、何なんでしょうね」

カレンと顔を見合わせて、マティルダは首をひねる。

男爵である父は養蜂業を経営していたので、帳簿はマティルダに丸投げだったものの養蜂場や工場に出向いて視察を行ったり、完成品の品質を確認したりしていた。マティルダに対しては横暴だったが商人としての目利きは確かだったので、ターナー印の蜂蜜製品は高く売れていたし評判もよかった。

一方のクレイン辺境伯家は商会などは持っていないし、領地にもこれといった特産品がない。一昔前ならば国防に専念していつ来襲するか分からない隣国の軍隊に立ち向かえるようにしていたそうだが、平和な今の世ではカーティスが毎日砦に出向く必要はない。

（練兵場での指導も、兵士長が行っているようだし……旦那様は毎日、どこで何をしているのかしら？）

マティルダが起きているときに帰宅したら「今日はいかがでしたか」と聞くのだが、カーティスの返事は「あちこちに行った」「収穫はなかった」「疲れた」のようなものばかりだった。そしてマティルダの方も「よく食べました」としか言えないので、ベッドでの報告会は一瞬で終わってしまう。

（私が根掘り葉掘り聞こうとすると、旦那様はきっと鬱陶《うっとう》しがるわよね。……でも、あまり顔色も優れないようだったわ）

昨夜はマティルダが寝つく直前にカーティスが帰ってきたのだが、彼はマティルダが寝ていると思ったようで何も言わずにベッドに上がった。だが彼はすぐに横にはならず、ベッドの上で膝を抱えて座りため息をついていた。

今朝も彼の顔色はいいとは言えず、マティルダは密かに心配していた。

「毎日どこに行っているのかについては言いたくないようだけれど、健康を損ねているように思われるのよね」

「あっ、私もメイドたちから聞きました。旦那様が何をしているのか知っているのはいつも連れている従者くらいで、その従者も口が堅いので教えてくれないそうです。執事も、旦那様のされていることには触れてほしくないようで……」

徹底した秘密主義者、ということだろうか。

（領地を経営するので精一杯、と言われていたけれど、毎日あちこちに出向かないといけないほど困ってらっしゃるのかしら？）

もしそうなら何が問題なのか気になるし、契約相手であるカーティスが健康を損ねているのはマティルダとしても喜ばしくないことだ。多忙な夫を支えられてこその、優秀な契約妻ではないか。

（このまま旦那様のお呼びがかかるまで部屋にじっとしているようでは、追加報酬をもらえないわ）

脳裏を儚《はかな》く微笑むローズマリーの顔がよぎり、よし、とマティルダはうなずいて振り返った。

「カレン、今日の予定ができたわ」

「そのお声を聞けただけで、このカレンはわくわくしてきました」

カレンの乗りのよさに気をよくしたマティルダは、胸を張って微笑んだ。

「それはよかったわ。……調査に行くわよ！」


マティルダは昼から部屋にこもり、カレンと一緒に編み物をする――とメイドたちに言い、家政婦長だけには事情を伝えてこっそりと城を抜け出した。

「さすがマダム！　こんな抜け道をご存じだなんて！」

「ここは元々要塞だから、あちこちに緊急脱出用の経路があるそうなの。放置すると危険だからほとんどは閉じられているけれど、こうして気軽に使えるものもあるようね」

町に出たい、とマティルダが緊張しつつ家政婦長に相談したところ、カーティスに禁止されているのは「辺境伯夫人として民の前に出ること」なので、完璧に変装するならば許可すると言ってくれた。彼女も、マティルダがずっと城の中で過ごすことを強制されていたり、カーティスが疲れた様子であったりすることを心配しているのかもしれない。

午前中にカレンが調達した町娘用のワンピースを着て、ふたりは辺境伯城の目の前にある町に降りていた。お膝元というだけあり、治安は行き届いている。辺境伯城の兵士たちもうろついているが、彼らはマティルダの顔を知らない。そんな奥様が変装をして出かけていても、気づかないだろう。

　ということで、今のふたりは町娘の「ティル」と「カーラ」だ。マティルダは姉妹設定を望んだがあまりにも顔が似ていないので家政婦長により却下され、仲のいい友だちという設定に落ち着いた。

「それにしても、さすが奥様ですね。誰も正体に気づきませんよ」

「カーラ。今の私は、『オーウェンに愛を』の酒場の娘リラになりきっているの。そしてあなたは、私の友だち。私のことは、奥様じゃなくて？」

「ふふっ、ティルね」

　そんなやりとりをするマティルダたちを道行く人々が見るが、皆すぐに興味を失ったように視線を戻す。やはり、今ここにいるのが嫁いできたばかりの辺境伯夫人とそのお付きであるとはなかなか見抜けないようだ。

（そういえば、『オーウェンに愛を』は珍しく、ローズマリーも読んでいたわね）

　両親が妹のために買った本のほとんどは彼女に読まれることなく、マティルダの本棚に移動した。だが『オーウェンに愛を』はローズマリーも読んだようで、「オーウェンってお尻の軽い男の人なのね。リラがかわいそうだわ」と感想を述べていた。

（リラになりきっている今の私の姿を見たら、ローズマリーは何と言うかしら）

　ローズマリーは登場人物になりきって朗読をするマティルダの姿を見ていたようだから、リラを演じると案外喜んでくれるかもしれない。

（……ローズマリー、元気でいるかしら）

今度、近況を尋ねる手紙でも書こうか。

（それにしても。辺境伯領はどんな場所だろうかと思っていたけれど、普通に活気はあるわね）

今ふたりは町の目抜き通りを北から南へと歩いているが、通り沿いの店はいずれも元気に営業中で、人通りもそこそこ多い。また道の脇にゴミなどもほとんど落ちていないので、清掃も行き届いていると分かる。

（歩くだけでは、収穫はないかしら……）

夕方の鐘が鳴るまでには部屋に戻っていないといけないので、できる限り行動しておきたい。

「どこかのお店に入ろっか。……カーラ、どうしたの？」

「お……じゃなくてティル、これ見て」

つい「奥様」と言いそうになって言い直したカレンは、マティルダをある店の前に連れてきた。そこは見たところ、雑貨屋のようだ。すすけたガラス越しに、人形や木彫りのおもちゃ、金属製のコップのようなものなどが並べられているのが見える。

「何か、気になるものでもあった？」

「うーん……むしろ、ないことに気づいたというか」

「どういう意味？」

「貴族の若旦那様が結婚した直後って、何か特別なものを売っていそうなものじゃない？　似顔絵入りの絵皿とか記念コインとか」

（……確かに）

カレンの指摘を聞いたマティルダは、はっとした。

貴族は結婚しても王族のように華やかな結婚パレードを行ったりはしないが、領地ではちょっとした催し物がされたり記念品が売られたりする。現に、実家の貴重品棚には両親の結婚時に作られたというレリーフが飾られていたではないか。

そういったものを作った職人は必ず、作品を主に献上する。献上されているのならば、城のどこか――それも目立つところに置かれるはずなのに。

（そもそもそういうものが、作られていないということね……）

「……お店に入ろう」

「そうね」

ふたりは大通りを一往復した結果、小洒落た酒場を見つけた。裏路地にぽつんとあるすけた店ならばともかく、大通り沿いにあって昼から営業しているこの店ならば、暴漢に絡まれたり法外な値段を吹っかけられたりすることもないだろう。

予想どおり店内は明るくて広く、清潔な雰囲気だった。店の奥には既に四名の先客がいるバーカウンターがあり横にはテーブル席も三つあったが、マティルダたちはカウンター席を選んだ。

「こんにちは！　私たち、ここに来たばかりなの。おすすめがほしいわ」

　マティルダが酒場の娘リラになりきって言うと、マスターではなくて隣に座っていた若い男女ふたりずつのグループが反応した。

「なんだ、お姉さんたち見ない顔だと思ったら、よそから来たのか」

「うん、そうなの。私はティル。こっちは悪友のカーラよ」

「カーラです。よろしく！」

　あはは、とふたりしておどけると、若者たちはすっかり警戒心を解いた様子で笑った。

「これはいい出会いができたな！　よかったらこの後、一緒に……」

「あぁー、だめだめ！　実はこっちのティルは、もうダーリンがいるの！」

　カレンが急いで止めに入ると、男性たちは「そりゃ残念！」と大袈裟に嘆き、女性たちは「フられてやんの」と笑った。

　どうやらこの町の住人らしい彼らからおすすめを聞き、マティルダはジュース、炭酸に強いカレンはショウガ水を注文した。

「私たち、あんまりこの地方に詳しくなくて。最近何か、おもしろい話でもない？」

　ショウガ水を一気飲みして男性たちをやんやと喜ばせたカレンが聞くと、マティルダより少し年上と見える女性客は「そうねぇ」と頬に手を当てた。

「おもしろく……はないけれど、ちょっと前にうちの領主様が結婚されたわね」

「ええっ、そうなんですか？　そんな雰囲気には思えないんですけど」

「驚くのも仕方ないよな」

　カレンのために新しいショウガ水を注文してくれた男性客が、やれやれとばかりに肩を落とした。

「お祝い事だから普通は盛り上がるんだけど、そういう気分になれないんだよ」

　早速核心を突いた話を聞けそうな流れになり、マティルダはごくっとつばを呑みつつも「リラ」の仮面を被って平常心を心がけた。

「そうなの？　それはどうして？」

「お姉さんたちは知らないだろうけど、一年前に今の領主様になってから税が上がっているんだよ」

「俺は実家が港にあるんだけど、漁業税を追加されて。今は漁獲量も安定しているからまだいいけれど、いつ不漁になって税を払えなくなるかと怯えなきゃならなくなったんだ」

「おまけに領主様、恋愛結婚……とかいうやつなのよ。電撃結婚っていうのかな」

　女性客も、憤った様子でグラスを傾けて言った。

「領主の結婚っていったら普通、あたしたち商売人からすると稼ぎ時なんだ。でもいきなりそんなことを決めていきなり花嫁さんを連れてきたら、準備もできやしない。実際、あんたたちみたいなよその人は領主様の結婚を知らないようだし、集客効果も期待できないときた」

「俺たちが献上した税がどういう形で還元されるかと思いきや、花嫁さんのドレス代に消えたってことだろう！　これが飲まずにやってられるかってんだ」

ちら、とカレンが気遣わしげな視線を向けてきたため、マティルダは微笑みを返した。

（カレン、演技を続けるのよ。私たちが傷ついた顔をしたら、怪しまれてしまう）

クローゼットの中の色とりどりのドレスを見てはしゃいでいたのは、マティルダとカレン。ここにいるのは、ティルとカーラ。何も知らない、よそ者だ。

「領主様って、あんまりいい人じゃないの？」

思い切ってマティルダが聞くと、四人は悩ましげな表情になった。

「いい人……なのかどうかと聞かれると、答えに困る」

「前領主様の頃は俺たちももっと楽な生活ができたのに、今の領主様になってからはあれはだめだこれをしろとお達しが出てばかりで、息苦しいっちゃありゃしねぇ」

「そもそも、前領主様を騙して追い出して、爵位をもぎ取ったって噂もあるしねぇ」

「えっ⁉」

女性客のつぶやきにマティルダもカレンも過剰反応してしまったが、いいように捉えられたようで、「びっくりでしょう⁉」と女性客は親しげにマティルダの肩を叩いた。

「前の領主様は気さくで懐の大きい人だったんだけど、今の領主様に嵌《は》められてしまったって噂なの」

「それは本当なの？」

「いや、分からない。なんで前領主様がいなくなったのかはっきりしていないから、こういうことなんじゃない？　って憶測が広まったってところかな」

「そう……」

ぎゅっ、と手元のカップを握るマティルダは、カレンが自分の方を気遣わしげに見てくるのを感じていた。


家政婦長に指定された時間に遅れないように、マティルダたちは往路に使った隠し通路を使って部屋に戻り、服も着替えた。

「収穫、ありすぎるくらいだったわね」

「ティルとカーラ」から「辺境伯夫人マティルダと侍女カレン」に戻ったふたりは、顔を見合わせてため息をついた。

（もしかすると、旦那様が私の外出を禁じたのは、こういう話を聞かせたくなかったからなのかもしれないわね）

ふと、マティルダは扉が閉ざされたクローゼットを見やる。あの中には、大量のドレスや靴、帽子が収まっている。マティルダが気に入ったものもあれば、これは趣味ではないというものまで。

──それらはもしかすると、町の人々から徴収した税金で買ったものなのかもしれない。

「好みではないドレスは、何らかの形で処分してもらってはいかがでしょうか」

マティルダと同じことを考えていたらしいカレンが提案したので、マティルダはうなずいた。

貴族女性が着るドレスは一回袖を通しただけで処分されることも多いが、ドレスを解体して使える部分を再利用したり、そのまま中古品で売ったりする。だから、決して無駄にはならないはずだ。

「いろいろ考えたりする必要はあるけれど……今日だけは、旦那様のお帰りが遅くなることを祈っているわ」

マティルダのそんなささやかな祈りが通じたのか、その日カーティスはマティルダが寝つくまでの間に戻ってくることはなかった。また翌朝は「やることがあるから、先に出る」という走り書きと温もりの失せたシーツを残して、姿を消していたのだった。

＊＊＊

マティルダがカーティスと結婚して、半月が過ぎた。

夫が何をしているのか、以前酒場で聞いた話は本当なのかと心配しつつも事実を確かめられずにいたある日、珍しく夜の報告会においてカーティスが「話がある」と切り出した。

「そろそろ俺たちのお披露目をする時期になったので、今月末にミルドレット城で開かれる夜会に出席しようと考えている。ミルドレット城のことは、分かるか」

カーティスに尋ねられたので、もちろん、と相変わらず彼と背中合わせでベッドに座っているマティルダはうなずいた。

「ミルドレット城は、公邸のひとつですね。モート王国王領には東西南北にそれぞれ公邸があり、ミルドレット城は東の公邸と言われております。王族の休養地として使われる他、王国東部の諸侯が会議の際に利用することもあるとか」

「そのとおりだ。ミルドレット城はクレイン辺境伯城と王城のほぼ中間地点にあるため、ここから馬車で五日ほどで到着できる。そのミルドレット城で、王妹《おうまい》殿下が月末に夜会を開催される。それには王国東部に領地を持つ者のみならず多くの貴族が出席するだろうから、披露の場として最適だろう」

「おっしゃるとおりですね」

マティルダも同意した。

片道で十日以上かかる王都への往復となると苦しいものがあるが、ミルドレット城ならばありがたい。現国王の妹は公爵家に嫁いでおりその公爵領も王国東部にあるため、マティルダが辺境伯夫人として懇意にしておくべき貴族たちも大勢そろっていることだろう。

マティルダが落ち着いているからか、カーティスが少し身じろぎして振り返り見てきた。

「ずいぶん余裕だな。ミルドレット城での夜会くらい、造作でもないと？」

「まさか、これでも緊張しておりますとも」

だがむしろ緊張よりも、「やっと契約妻として頑張れる」という期待とほどよい責任感による気分の高揚の方が、強いかもしれない。

なんといってもマティルダには、「小説の登場人物になりきれば、たいていのことを乗り切れる」という能力がある。夜会に臨む際に参考にする小説をバイブルとして読み込んでおけば、「この場合、この登場人物ならどんな反応をするだろう」と考えて行動できる自信があった。

（むしろ、旦那様の方が心配ね）

「旦那様は、体調などいかがですか」

「俺はいつでも健康だ。他人の心配より、自分の心配をしていろ」

「かしこまりました」

強がられるのは想定内なのでマティルダは素直に引き下がり、打ち合わせも終わったことなのでベッドに横になった。遅れて、明かりを消したカーティスも隣に並ぶ気配がした。

（健康……には見えないのよね）

たまに会うくらいの人なら分からないだろうが、ほぼ毎晩彼と顔を合わせているマティルダは、夫の顔色があまりよくないことに気づいている。そしてたまに夜中に起きて膝を抱えるような格好で丸くなったり、イライラした様子でベッドから下りてしばらく窓辺で風に当たったたりしていることも。

（それを指摘しても絶対に認めないだろうし、ますます距離を置かれそうだわ）

だからマティルダも気づかないふりに徹し、夫の方から相談してくれる日を待つことにしていた。……四年のうちにそんな日が来るかどうか、分からないが。

（何はともあれ、まずは今月末の夜会ね）

クレイン辺境伯夫人としての初陣を華々しく飾れるようにしよう、と決めて、マティルダはまぶたを閉ざした。

＊＊＊

ミルドレット城で開かれる夜会の日はよく晴れており、初夏の風が心地よかった。

結婚の際にカーティスから贈られたドレスは半分が春物、半分が夏物だったので、もう着ないと思われるものは家政婦長に相談の上で教会に寄附したため、クローゼットの中はすっきりした。

マティルダたちは馬車に荷物を積み、カレンたち使用人を連れて辺境伯城を出発した。そして五日の行程の末に辺境伯城とは対照的な優美で豪奢な造りのミルドレット城に到着してから、あてがわれた部屋で身仕度を始める。

今日の衣装として選んだのは草木生い茂るこの季節にぴったりの、深緑色のドレスだ。ほどよく色を濃くした艶のない生地が、マティルダの二十四歳という年齢にふさわしい。喉や胸元をしっかり隠しているが背中は大胆に開いており、「奥様の美肌がよく見えていいですね！」とカレンは楽しそうにメイクをしてくれた。

本日がマティルダとカーティスのお披露目も兼ねているとはいえ、主役は主催者である王妹である。そのため装飾品などは控えめにし、その代わりに葯《やく》を取り除いたユリの花を髪に挿し、清楚な華やかさを添えた。

「お待たせしました、旦那様」

仕度を終えたマティルダがリビングに出ると、そこで既に待っていたカーティスがこちらを見てきた。今日の彼は初対面のときと同じ白い礼服姿で、金髪をまとめて前髪も上げているので、じっとこちらを見つめる視線がよく分かった。

彼の視線を受けたマティルダはにっこりと笑い、右手に持つ扇子《せんす》を広げて口元にかざした。

「いかがですか？」

「ああ、いいんじゃないか」

あまりにも雑な褒め言葉が、いっそすがすがしい。

「ありがとうございます。今日は『イスカンデル物語』に出てくるライバル令嬢のクローディアになりきって頑張りますね」

「椅子……？」

カーティスはきょとんとしているが、彼に小説への理解を求めているわけではないので構わない。

（クローディアは主人公アネットに対して高圧的な態度を取るけれど、その正体はこれから淑女として花開くアネットを叱咤激励する高潔な人物……。うん、今日の私にぴったりだわ）

男爵家出身だからと、相手に侮られてはならない。クローディアのように背筋を伸ばして誇り高くあろうと、マティルダはふふん、と胸を張った。

そんな妻の傍らでカーティスは、「噛んでる……？　クローディア……？」と首をひねっていたのだった。


本日の夜会を主催する王妹は、公爵夫人となるまでは社交界の花ともてはやされていた。非常にプライドが高い高嶺の花だったらしいが芯が通っており愛情深く、そんな彼女が開く夜会だけあり参加者はかなりの人数になっていた。

「挨拶の基本は、分かっているな」

「はい。まずは主催者に挨拶に行き、それから辺境伯家より下位の貴族であれば相手から声をかけられるのを待ち、高位の貴族であればこちらからお取り次ぎを申し込む、ですね」

廊下を歩きながら問うたカーティスにマティルダが難なく答えると、夫はうなずいた。

「そうだ。とはいえ今回の夜会に出席している辺境伯家以上の家柄の者は、そう多くない。こういう場合はやたらうろうろせず、公爵夫人の近くにいた方がいい」

「なるほど。この夜会で一番地位の高い主催者のそばにいれば、私たちの挨拶もしやすいと」

カーティスもマティルダも、夜会に出席した経験は多くない。回数だけなら、爵位を継ぐまでは平民同然だったカーティスよりマティルダの方が多いかもしれないくらいだ。

（お父様に連れ回されて挨拶回りをした経験が、今になって助けになるとはね）

今回はここにいない父親に心の中で皮肉っぽく礼を言ったマティルダは、カーティスの腕をそっと引っ張った。

「では、参りましょうか。このマティルダの活躍にご期待を」

「ああ、期待している」

ふふん、と笑いながら言うと、カーティスも強気な笑みを浮かべた。そうすると表情が生き生きとしてきて、少しは彼のやつれた顔をカバーできるようだ。

「クレイン辺境伯カーティス様、ならびに辺境伯夫人マティルダ様、ご入場」という会場係の紹介の後に、マティルダたちはホールに足を踏み入れた。薄暗い廊下からまばゆいホールに入ったために目がくらみそうになる中、何十対もの目が自分たちに向けられたのをマティルダは感じた。

（朗読劇をしたときと、似ている……でも、全然違う視線だわ）

あのときの観客たちは演技を楽しみにするような瞳をしていたが、今回は違う。年若い辺境伯夫妻を好奇の眼差しで見る者、興味なさそうに一瞥する者、まじまじと観察する者、そして……忌ま忌ましげに見る者。こういう目で見られることはこれまであまりなかったので、つい怖じ気づきそうになるが。

（いいえ！　クローディアならきっと、どんなに視線を浴びようと堂々としているわ！）

マティルダは最初こそうつむいていたが顔を起こし、カーティスと並んで歩いた。夫の腕は震えておらず、全体的な見た目のわりにがっしりしているそれに掴まっていると勇気も湧いてきた。

まずは、ホールの奥のソファに座っている公爵夫人に挨拶をする。今年で四十歳かそこらのはずだが独身の頃と変わらぬ美貌を保つ公爵夫人はマティルダたちを鷹揚に迎え、「若さを弱点ではなくて武器として、ふたりで励みなさい」と激励の言葉まで贈ってくれた。

（若さを武器に……。そうね、そう考えないと）

マティルダたちが礼を言うと、公爵夫人は小さく笑った。どうやら、クローディアの仮面を被っての挨拶は成功で、彼女からそこそこの評価をもらえたようだ。

主催者への挨拶が終われば、他の貴族への挨拶回りだ。カーティスの情報によればこの夜会に出席する高位貴族はとある公爵夫妻と高齢の侯爵のみらしいのでこの二組に率先して挨拶をして、「結婚おめでとう」の言葉をもらった。

（さて、後はあちらから挨拶に来るのを捌《さば》くだけだけど……）

「ごきげんよう、カーティス様！」

どこから誰が来るだろうか、とマティルダがあたりを見回す中、真っ先にやってきたのは若い令嬢たちのグループだった。いずれも十代後半くらいと見え、その年齢にぴったりのピンクや淡い赤、オレンジや黄色などの華やかな色とデザインのドレスの裾がふわふわ揺れている。

四人連れの彼女らはマティルダたちのところに来ると、そろってお辞儀をした。

「ご結婚おめでとうございます、カーティス様。ハイドマン伯爵家のマーサでございます」

「マーサの妹の、マーリンでございます」

「ペニントン子爵家のジェシーでございます」

「ウェイド子爵家のリタでございます」

四人がそれぞれ自己紹介をするのを、カーティスがうなずきで応じた。

「ごきげんよう。そして、祝いの言葉に感謝する」

「皆様、ごきげんよう。カーティス様の妻の、マティルダでございます」

それでは、ということでマティルダも挨拶をすると――くすっ、と誰かが笑う声がした。

ここにいる四人はいずれも、マティルダの実家である男爵家より格上だ。おまけに、どう見てもマティルダより若い。貴賤問わず結婚において、出産などの面を考慮した結果若い妻が好まれる傾向にあるため、見るからに年上のマティルダを見て冷笑してしまったのかもしれない。

（気にしない、気にしない。これくらい、どうってことないわ）

内心はどきどきしつつもクローディアの教えに従って強気に微笑んでいると、最初に挨拶をした巻き毛の令嬢――確か、男爵家の取引先のひとつでもある伯爵家の長女だ――がしとやかに微笑んだ。

「それにしても、カーティス様のご結婚の話を聞いたときには驚きました」

「一体どなたが辺境伯閣下の心を射止めるのか、とわたくしたちの間では噂になっておりましたので」

「辺境伯夫人がかように清楚なお方だとは思っておりませんでした」

「噂では、カーティス様と燃えるような恋をなさったと。うらやましいことでございます」

四人はそう言いながら、マティルダではなくてカーティスの方にぐいぐい迫っている。いずれも胸元が大きく開いた扇情的なドレスを着ており、魅力的な胸元がよく見えるように腕の位置や腰つきを工夫しているのだとマティルダには分かり、その積極性にむしろ感服してしまった。

（旦那様に目をかけてもらいたいのかしら……？）

モート王国は王侯貴族平民問わず重婚が禁じられているものの、愛人を持つことに関してはわりと寛容だ。愛人は夜会などには連れていけずその子も嫡子《ちゃくし》として認められないが、正妻より夫の愛情を受けている愛人や、はたまた夫人からかわいがられる年下の愛人などが密かにいるそうだ。

（お父様たちは潔癖で、そういう点だけは好ましいと思っていたのよね）

もしかするとこの令嬢たちも、辺境伯の愛人の座などを狙っているのかもしれない。もしそうだとしたら四年後にマティルダとカーティスが別れた際に後釜に就けるかもしれないが、果たしてカーティスが辺境伯でなくなっても彼女らは彼についていくのだろうか、なんてことを考えてしまう。

（でもこの方々に絡まれるのも、旦那様にとっては負担だし……よし）

「まあ、そう言っていただけると嬉しゅうございます。夫に見初めていただいたあの日のことを思い出すだけで、顔が熱くなってしまって……ねえ、あなた？」

別に熱くもなんともないのだが恥じらい微笑みながらそう言ってカーティスの方を見ると、すっ、と手袋の嵌まった夫の右手がマティルダの左頬に触れた。

おや？　と思い目を見開くマティルダの顔に、影が差す。そうして、カーティスの無表情が徐々に近づき――

「……本当だ。とても、熱いな」

右頬に唇が触れるか触れないかの距離で囁いたため、マティルダはつい「ええっ？」と小さな声を上げてしまった。だがそれを見ていた令嬢たちもほぼ同時に「まあっ⁉」と声を上げたので、ばれずに済んだ。

顔を離したカーティスは先ほどの無表情はどこへやら、目尻を緩ませ唇に笑みを乗せて、まさに「妻を愛する夫」の顔でマティルダを見ていた。

「こんなに顔をほてらせて、かわいい人だ。少し、あちらで涼もうか」

「……ありがとうございます、旦那様」

一瞬言葉に詰まったもののすぐにマティルダは演技を再開させて、「夫の愛情を一身に受ける幸せな妻」の仮面を被って彼の腕に掴まった。

……去り際、令嬢たちが呆然とした顔をしていたので彼女らにウインクを飛ばし、マティルダはカーティスと一緒に会場隅に移動した。カーテンで仕切られた空間があったので、そこに入るなりふたりは腕を放し、ふうっと同時に息をつく。

「今のは、どうだったか」

「大変よろしかったと思います。これで、旦那様に近づく女性たちを牽制できたかと」

夫の問いにマティルダが真剣にうなずいてみせると、カーティスは満足そうに笑った。

「それはいいことだ。では、このまま続けよう」

「了解です」

おおよそ妻に対してふさわしくないだろう声かけをする夫を、マティルダはやれやれという気持ちで見ていた。

先ほど、頬にキスをするふりをされたときにはつい動揺してしまったが、自分らしくもない。マティルダと同じようにカーティスも、名演技をしているだけだ。

(本当に……かわいくない人ね)

だが何だかんだ言ってそんなかわいくない夫のことがさほど嫌いではないと、マティルダは考えたのだった。

※※※

マティルダと契約結婚したカーティスだが、妻の働きぶりには正直かなり感心していた。

夜会では「身分違いを超えて恋愛結婚した幸せな妻」として完璧に振る舞い、屋敷ではおとなしく過ごす。城の外に出てはならないと言ったときに散歩もだめなのかと食い下がったが、それもだめだと却下するとすんなり受け入れ、それ以降外出を希望することもなかった。

「マティルダは今日も、問題なく過ごしていたか」

ある夜、帰宅したカーティスが執事と家政婦長に尋ねると、ふたりはそろってうなずいた。

「はい。奥様は今日も、侍女のカレンと一緒に部屋でお過ごしになりました」

「カレンと一緒に、小説を読まれているようです」

家政婦長の報告に、そういえば先日参加したミルドレット城での夜会で、マティルダが椅子がどうのこうのという話をしていたのだったと思い出す。室内でできる趣味があるというのは、カーティスにとってもありがたいことだった。

「マティルダが退屈しないよう、本を買ってやれ」

「かしこまりました。やはり小説本でしょうか」

「俺は……そういうことに詳しくないから、カレンに聞いてくれ」

(俺が聞いても、教えてくれそうにないしな)

妻とは、予定や一日の報告など以外でまともに話をしたことがない。彼女が小説を読むのが好きだということも、先日の夜会まで気づきもしなかったのだから。

寝仕度を調えたカーティスは、夫婦の寝室に上がった。もう遅い時間なので、マティルダはすやすや眠っている。たまに夜更かしをしてカーティスの帰りを待っていることもあるが、カーティスとしては寝ていてくれた方がありがたい。

(……悪く思うなよ、マティルダ)

マティルダに構っている時間はない。

カーティスには、やるべきことがあるのだから。

# 3章　カーティスの本音

最近、カーティスの纏うオーラがますます黒くなってきている気がする。もちろんマティルダにオーラを見るなんていう特殊能力はないので、「カーティスの元気がない」ということのたとえだが。

（恋愛結婚して二ヶ月足らずの若旦那様らしくもない、くたびれ具合ね……）

今日も、カーティスは朝早くから慌ただしく身仕度をして出ていこうとしたので、マティルダは思い切って彼の従者を掴まえた。いつもカーティスに付き従う彼なら、主の様子について教えてくれるかもしれないと思ったからだ。

だが、分厚い冊子のようなものをいくつか抱えている彼にカーティスのことを聞いても、「奥様にお話しできることはございません」と突っぱねられた。

「それでも、私に何かできないかしら。……あら、あなたが持っているのは……」

「僕たちのしていることについて、旦那様から他言無用と言われておりますので」

従者は素っ気なく言うと持っていた冊子を自分の鞄に入れて、カーティスのもとに行ってしまった。

（……彼も、元気がなさそうね）

以前マティルダが変装して町に降りた際に聞いた話からして、カーティスがまだ何か問題を解決できていないということだろう。

（そういえば。さっき彼が持っていた冊子、私が実家で使っていた帳簿に似ていたわね。確か、旦那様の代になって税が上がったとのことだけど……）

酒場で知り合った若い男女たちは、自分たちから巻き上げた税金をマティルダのドレス代にあてているのでは、と推測していた。だから不安になったマティルダは家政婦長に聞いたのだが、マティルダのドレスや調度品などは全て、カーティスの個人的な資産から出していた。マティルダの嫁入りに関して、領民たちから徴収した税を使った様子はない。

（こうなったら……）

「カレン、また調査するわよ」

「どんとこいです！　今日もまた、ティルとカーラになりますか？」

「いえ、今日は――」

そうしてマティルダが計画を口にすると、カレンはにやっと笑った。この侍女は楽しいことが大好きなので、今回の計画も乗ってくれるだろうと思っていた。

家政婦長は少し難色を示したものの、「……むしろ奥様に動いていただいた方が、現状打破になるかもしれませんものね」とつぶやき、外出を許可してくれた。彼女も、カーティスのことをなんとかしたいと思っているようだ。

そうして今回カレンが用意してくれたのは、薄手の長袖シャツとズボン、ヒールのないぺたんとした靴に、キャスケット。どれも、男物だ。

それらを身につけて髪を帽子の中に入れたマティルダを、カレンが興奮気味に見てきた。

「やっぱり奥様は最高です！　どこからどう見ても、町の新聞配りの男の子です！」

「それじゃあ今日の私は新聞配りのマーカス、あたりにしましょうか」

「いいですね！　じゃあ私はマーカスの幼なじみの、ケントで！」

そう言うカレンも似たような感じの服を身につけ、ふたりは家政婦長の確認──「悲しいくらい、男の子にしか見えません」と呆れた様子で言われた──をもらった上で、前回と同じ非常通路を使って城を出た。

「じゃあ、ケント。今日はせっかくだから、一杯飲もう！」

「いいな！　ぼくはショウガ水！」

「ケントは本当に、ショウガ水が好きだね！」

ふたりでそんなやりとりをして、うん、とうなずき合う。今の自分たちなら、新聞配りを終えて一杯飲みに来た十代半ばの少年たちに見えるだろう。

（それじゃあ今回は、前は行けなかった場所に行ってみましょうか）

そうしてふたりが向かったのは、目抜き通りから一本逸れた狭い道だ。家屋の間を縫うように伸びるこの道はレンガ舗装が剥がれている箇所や投げ捨てられたゴミも見られたが、裏路地でこれくらいなら十分きれいな方だろう。

前回の明るい雰囲気の店とは違う、小さくてすすけた感じの飲み屋を見つけたので、そこに入る。昼間ではあるが労働者らしい見てくれの男性や春を売っているような見た目の女性たちの姿があって少し緊張したものの、「お邪魔しまーす！」と入店したふたりをじろじろ見る者はいなかった。

今回もマティルダはジュース、カレンはショウガ水を頼んで前の店よりは若干味の薄いそれを飲んでいると、傍らの労働者たちの会話が聞こえてきた。

「あーあ、これで昨日の稼ぎもパアだなぁ」

「おまえはもうちょっと、セーブしろよ。ただでさえ給料が下がってんのに」

「おやじぃ、ちったあまけてくれよ！」

男性が甘えるような声でマスターに言うが、初老のマスターの返事は気味悪がるような眼差しと「無理だ」の言葉だった。

「こっちも物価が上がって、苦労しているんだ。文句があるなら、領主様に言え」

「言えるもんならとっくの昔に言ってらぁ！　あー、どうも、領主様！　俺たちからあんまり金を吸い上げないでください、ってな！」

「誰か、俺のことを呼んだか」

わざとらしい泣き真似をしながら労働者の男性が叫んだ直後、涼やかな声が飛んできて皆はびくっとした。……その「皆」の中に、マティルダとカレンも入っている。

（え、嘘。今の声って……）

振り向きたいが、振り向く勇気がない。隣のカレンもそわそわとした眼差しをこちらに向けてくるが、どうしようもない。

先ほどまでの喧噪が嘘のように静まりかえった店内に、コツ、というブーツの音が響く。マティルダたちの隣にいた労働者たちが振り返り、ぎょっとしたような声を上げた。

「ま、まさか、領主様⁉」

「ああ、カーティス・クレインだ」

（旦那様⁉）

声を聞いた瞬間にもしや、と思ったが、名乗られるともう他人のそら似では済ませられない。

逃げよう、と思って振り返ったマティルダだが、店の入り口のところにカーティスの従者がいるのに気づいてさっと前に向き直った。入り口の前に立ち塞がる彼の真横を通るのは、かなり怖い。

（ど、どうしよう⁉）

逃げ場がないため焦るがカーティスの方はマティルダたちには感心がないようで、労働者の男と話をしている。

「俺に言いたいことがあるようだな」

「えっ？　え、えへへ。そんな、滅相もございません！」

「遠慮せず、言えばいい。徴税について、俺に言いたいことがあるのだろう？　いざとなれば次の徴税期に額の調節をするように管財人に依頼できるので、要望があれば……」

「な、何もございません！」

労働者の男は真っ青な顔で叫ぶなり、カウンターに飲み物代を叩きつけて逃げるように店を出ていった。彼の連れらしき者も慌てて同じように出ていき、カーティスの方をじろじろ見ていた娼婦らしき出で立ちの女性も、「……タイプじゃないなぁ」なんて言いながら退店してしまった。

一気に店の中が寂しくなり、カーティスとマスターのため息が重なった。

「すまない、客を逃がしてしまった」

「……いえ」

マスターもまさか領主に文句は言えないようで、客が置いていった金を掴み取って背中を向けてしまった。肩を落としたカーティスがふとこちらを見てきたため、彼のことを横目で見ていたマティルダは慌ててジュースのグラスを傾ける。

「君たちは、町の子か」

放っておいてくれ、という念波を送るが通じず、カーティスに話しかけられてしまった。だがその声は存分優しくて、おどおどするカレンの代わりにマティルダは渋々うなずいた。

「……そう、です」

「そうか。まだ若いと見えるが、働かなければならないのか」

「……はい」

下手なことは言えないのでぎこちなく応じるが、カーティスは不審に思わなかったようだ。

彼は「そうか」とまぶたを伏せ、そしてぬっと左手を伸ばしてきた。

「わっ⁉」

「……すまないな。おまえたちのような未来ある子どもたちのためにも、頑張る」

カーティスはキャスケットごとマティルダの頭を撫でてから、背を向けた。入り口のところにいた従者に「次のところに行こう」と声をかけてから立ち去り、ふたり分の足音が遠のいてからようやく、マティルダとカレンは大きく息をついてカウンターに伸びることができた。

「緊張した！」

脱力するふたりを見て、マスターも心配そうに声をかけてきた。

「領主様と会うのは、初めてか」

「う、うん。話には聞いていたけれど。ああやって、よく来るの？」

「いや、うちに来たのは初めてだ。でも、領主様があちこちに顔を見せているというのは聞いたことがあったから、ああ、うちにもついに来たか、って感じだな」

マスターがそう教えてくれたので、マティルダは目を丸くした。

(旦那様は、いろいろなところに行かれているのね……)

彼の言葉からして、辺境伯領が税に関して問題を抱えているのは間違いないようだ。だから彼は従者を連れてあちこちに足を運び、民の不満を解消できるように働きかけ、子どもたちには励ましの言葉を送っている。そうやって民からの信頼を得て、領主として務められるようにしている。

それは、立派なことには違いない。

(でも、それだけではだめです、旦那様。皆は、口に出せない不満を溜め込んでいるのです)

一番大きいのは、徴税問題だろう。カーティスの代になって税が上がったのは事実であるし、皆はその税を辺境伯夫人の贅沢のために使ったと思っている。

(税の上昇と、民の誤解。このふたつが絶妙にかみ合っていて、旦那様が空回りすることになっているのではないかしら……?)

ならばこの問題解決のために、マティルダがするべきことは。

＊＊＊

「旦那様、お伝えしたいことがございます」

少年の姿になっての調査の翌朝、マティルダはカーティスに切り出した。

彼は昨夜も遅くまで外出しており、夜の報告会はできなかった。今朝の彼もすぐに仕度をしようとしたのでそれを呼び止め、ふたりはベッドの上で向き合う。

使用人を呼ぶベルを手にしていたカーティスは少し不満げな眼差しを寄越してきたものの、それをサイドテーブルに戻した。

「……内容にもよるが、一応聞こう」

「今日、カレンを連れて外出します」

「いや、だめだ」

「違います、旦那様。私は許可を求めているのではなくて、決定事項をお伝えしているのです」

マティルダがきっぱりと言うと、それまでは少し気だるげだったカーティスの目が見開かれ、そして怒りを表すように細められた。

「……そのような身勝手なことができる立場だとでも？」

「ええ。もしかすると、旦那様の体調不良を治すきっかけになるかもしれませんので」

「何だと？　……い、いや、俺は体調不良などではない」

慌てて言い直したが、自分の調子が悪いと認めたようなものだ。朝の油断ができやすい時間を狙って、正解だったようだ。

マティルダはくすっと笑い、ベッドから下りた。

「私が今日行きたいと思っているのは、辺境伯領の管財人のもとです」

「管財人？　……ああ、ドナルドことか」

カーティスが言うので、マティルダはうなずいた。

多くの貴族は、領地の管理を専門の部下――管財人に任せている。管財人とは領地を管理して税を徴収して運用する者のことで、クレイン辺境伯領の管財人は先代の頃から仕えているベテランだと、家政婦長からも聞いていた。

（旦那様の代になっていきなり税が上がったとのことだけど、こういうことを提案するのは管財人の仕事だもの）

もしかすると、帳簿におかしなところがあるのかもしれないし……そのドナルドという男が何か問題を抱えている可能性もある。

「そのドナルドという人に会いに行き、資料を確認させていただこうかと」

「……さてはおまえ、俺が徴税に関して悩んでいると気づいているな」

カーティスも、マティルダの意図に気づいたようだ。

「だが、帳簿なら既に確認済だ。それをもとに、各地を回っていたのだからな。それにドナルドの仕事ぶりは優秀だから、おまえが確認するまでもないだろう」

「念には念を、です。とにかく、私はそのドナルドという人に会いに行き帳簿を見せてもらいます。これは決定事項です」

「……分かった。だが、俺も同行する」

これでどうだ、とばかりにカーティスは笑うが、マティルダとしてはむしろ大歓迎だ。

マティルダは、ドナルドが真っ白だとは思っていない。何かしらの黒ずんだ箇所はあるだろうし、それをカーティスの前で暴露できれば言うことないと思っている。

だから、カーティスが一緒に来てくれるのはマティルダにとっても好都合なのだが――それを表に出すともっと余計な注文をつけられそうなので、しおらしくうなずいておいた。

「……かしこまりました」

「それでいい」

カーティスは無愛想に言うと再びベルを手に取り、鳴らした。すぐに侍従とカレンがやってきたので、マティルダはカレンに連れられて衣装部屋に向かいながら小さな笑みをこぼしていた。

ひとまず、外出の許可が得られた。カーティスの同行も決まったので、事前準備としては十分すぎるくらいだ。

（帳簿で、おかしなところを見つけられたらいいけれど）

そしてそれが結果として、カーティスを元気づけられるのならば。契約妻の働きとして、文句をつけられないくらいだろう。

クレイン辺境伯家の財政を担当する管財人は、辺境伯城の近郊にある小さな屋敷で暮らしていた。

管財人ドナルドは先代辺境伯が登用したらしく、在職期間は二十年以上に及ぶ。カーティスの従弟が誕生したときにも駆けつけてお祝いをするような、まめで辺境伯家に忠実な男らしいが。

「……おまえが何をするつもりかは分からないが、手荒なことはするなよ」

屋敷の玄関前に立ったマティルダに向かってカーティスが言葉に毒を込めて言ったので、夫の顔を見たマティルダは悠然と微笑んだ。

「そんな怖いお顔をなさらないでください。もちろん、なるべく穏便に済ませますが、ときには、強硬手段も取るべきだと思いますよ」

険悪な眼差しを向けてくる夫を軽くいなし、マティルダはさっさと歩き出した。その後をしれっとした顔のカレンが続き、少し遅れてカーティスもついてくる。

辺境伯夫妻が訪問することは、あえて事前に伝えていない。カーティスは「せめて先触れはした方がいい」と言ったが、「何も後ろめたいことがなければ、突然訪問しても問題ないでしょう」とマティルダが押し切った結果だ。

こぢんまりとしつつも品のある応接間でしばらく待っていると、ジレベスト姿の中年男性がやってきた。年齢はマティルダの父くらいだろうが、よく肥えた父と違いこの男はどちらかというと痩せていた。鋭い目つきとその体格からして、領民から集めた税で食っちゃ寝生活をしているわけではなさそうだ。

「クレイン辺境伯家の財政管理を担当しております、ドナルド・ボウと申します。カーティス様には、ご無沙汰しております。奥様は……お初にお目にかかります」

「ああ、久しいな、ドナルド」

「初めまして、マティルダです。どうぞよろしく」

親しげなカーティスに続いてマティルダもにこやかに挨拶したが、カーティスに向ける眼差しは穏やかだったドナルドは、マティルダを見るときにはあからさまに迷惑そうに眉根を寄せた。

「もしかして、結婚のご挨拶にいらしてくださったのでしょうか」

「それもあるが、妻が――」

「帳簿を見せてくださいな、ドナルド。あなたが持っているのでしょう」

カーティスを遮ってマティルダがずばり切り出すと、ドナルドは片眉を吊り上げた。

「帳簿？　もちろんわたくしめが管理しておりますが、なぜそのようなものにご興味を？」

「妻は実家の男爵家でも経営に携わっていたようで、帳簿の見方を知っている。先日うちの従者に預けた帳簿を、もう一度持ってきてくれ」

そういえば先日、彼の従者が冊子を抱えていた。マティルダの予想どおり、あれらが帳簿だったようだ。

カーティスの言葉を聞いて目を見開いたドナルドは、「……カーティス様がおっしゃるなら」と渋々言い、一旦席を外してすぐに革表紙の冊子を数冊手に戻ってきた。

「こちらが、ここ十年分ほどの税収に関する帳簿でございます」

「見せてもらうわ」

マティルダは表紙に書かれた日付が古いものから順に手に取り、中を見てみた。

(書かれている文字は、全て同じ人の手。ずっとドナルドが担当しているのね)

几帳面な性格なのか、納税期ごとの税額と徴収額、国への納税額だけでなく、税額が変動したときにはなぜ変わったのか、金、穀物、織物など、どの納税方法でどれほど納められたのか、その年にどんな出来事があったのかなどまで、細かく記されている。なるほど、これは先代辺境伯も頼りにするわけだ。

(ここまでが、先代の頃のこと。ここから旦那様の代ね)

一番新しい帳簿の半ばくらいから、カーティスの代が始まっている。これによると一年ほど前から確かに税が上がっているが、その備考として「麦の不作による穀物税収減少への補填《ほてん》」と書かれている。

「去年から、穀物の納税量が落ちたのね」

マティルダが確認の意味で問うと、ドナルドはうなずいた。

「奥様もご存じのようですが、各領地から国に納める税は基準が決まっております。とはいえ、農産物の不作や家畜の病による副産物の回収量の減少など、事情がある場合にはその年の納税額を引き下げることが可能です。しかし――」

「その措置を申請すると必ず、延滞料金が取られる。だから不足分を他の形で補ってその年のうちに納める方が、長い目で見ると得ということね」

マティルダが言葉を続けると、ドナルドは厳しい表情をしつつもうなずいた。

麦が不作でその分の納税ができないので、全体的な税額を上げて補填し、国に納税する。国に対する税で不正申告をすると、厳罰の対象となる。ドナルドも国を欺くようなリスクの大きすぎることはしないだろうから、国への納税額はこれで正しいのだろうが――

「去年、麦の納税量が少なかったとのことだけれど、その証拠は？」

「帳簿に記した数字が、全てです。何分、集められた分は全て納税済みですので」

ドナルドは淡々と答える。つまり、彼が「これが正しい」と言えば、通ってしまうのだ。以前酒場で会った者たちは、税が自分たちに還元されていないと嘆いていたが、不足分を補っているというのならば還元のしようがない。

（それなら、旦那様の努力不足ではないということになる。でも領民たちはやけに、旦那様に対してとげとげしかった……）

麦の収穫高減少を補うための措置だと分かれば、皆も納得するはず。だがこれではまるで、

「これは新辺境伯の力量不足が原因だ」と皆が思うように操作されているような……。

「もうよろしいでしょうか、奥様」

考え込んでいたマティルダにドナルドが声をかけ、カーティスもうなずいた。

「もう十分読んだだろう。それとも、まだ気になる点はあるのか」

「……いいえ、帳簿は正確でとても分かりやすかったです。私も帳簿の読み書きは心得ているのですが、ここまでのものを書くのはさすがとしか言いようがありません」

「お褒めいただけて、光栄です」

「どういたしまして。……でももうひとつ、記録があるのではなくて？」

マティルダの褒め言葉にまんざらでもなさそうだったドナルドの表情が、固まった。カーティスは、「まだあるのか？」と眉根を寄せている。

「税収の記録はもう読んだのだろう」

「はい、税については。ドナルド、あなたは税の管理だけでなく、その運用も任されているはず。各地との交易に関する記録簿、あるでしょう？」

クレイン辺境伯城まわりの金の運用は執事と家政婦長が行うが、領地全体の運用は管財人の仕事だ。特に大きな交渉があった場合は後の揉めごとを避けるためにも、その都度記録するものだ。

「交易？　そういうものもあったのか？」

カーティスにも問われて、ドナルドの目が一瞬だけ泳いだ。それを逃すことなく、マティルダは微笑みながら迫る。

「見せてくれるわよね？」

「……もちろんです」

ドナルドは部屋を出てすぐに、別の冊子を持ってきた。これは過去数十年分をまとめたものでかなりの厚さになるため、マティルダはそれをパラパラと眺める。先ほどの帳簿と違い、こちらは取引先と主な交易物について書かれているだけだが――

（……見つけたわ！）

きらり、とマティルダの目が光ったからかカーティスが身を乗り出してきた。

「……マティルダ、何か分かったのか」

「ええ」

ソファから立ち上がったマティルダは、冊子を夫に渡した。

「こちらを見ますと、旦那様の代になって新しく取り引きを始めた場所がいくつかありました。それは、ご存じですか？」

「もちろん。それこそ、麦の収穫高が減ったので領民の食糧を枯渇させまいと、新しい取引先を――」

「あらまあ、それにしてはおかしなこと。……私の記憶では、バンチ伯爵領は穀物の育ちが悪い地域です。そんなところから麦を仕入れるでしょうか？」

マティルダが見つけたのは、麦の仕入れ先となっている領地名だ。王国南にあるバンチ伯爵領が新規の取引先のひとつとなっており、その項目は他と同じで「穀物の仕入れ」とある。だがマティルダの記憶では、バンチ伯爵領は麦が潤沢に作られる場所ではなくて……むしろ。

「バンチ伯爵は一年ほど前から、採掘に関する新事業を始めたとか。新しく事業を興すには、準備金が必要。……ドナルド、あなたは伯爵領から麦を仕入れたのではなくて、準備金を渡したのでは？」

「何？」

それを聞いたカーティスもソファから立ち上がると、ドナルドは口の端をひくっとさせつつも首を横に振った。

「そのようなことは……。私は確かに、麦の仕入れを――」

「辺境伯領での麦の量が減ったので、よその領から購入して補填した。そのため、民は麦不足をあまり実感せずに済んでいる。……でもそうではなくて、最初から麦は不作になっていない。麦の購入費としていたのは、バンチ伯爵領への融資だったのでは？」

バンチ伯爵領は、ターナー男爵家のお得意様のひとつだ。そこの当主は非常に口の軽い男で、あちこちから融資してもらって銀鉱山を開発する準備を進めていると言っていた。

マティルダの父は堅実という名のケチなので融資を断っていたが、バンチ伯爵領の銀鉱山開発がうまくいけば融資金額に色をつけた分が返済される。そのため、積極的に融資する貴族もいるのだ。

　ドナルドは真顔ではあるものの、右の脚がそわそわ動いている。落ち着いている人の挙動とは思えないその動きはもしかすると、焦っているときの彼の癖なのかもしれない。

「私は……」

「いいえ、あなたの言葉は必要ありません。バンチ伯爵家に尋ねればよいことですから」

「い、いえ。確かに私は少額、伯爵領に融資をしましたが……」

「待て、ドナルド。ならばなぜそれを俺に報告しない。伯爵領の未来を見据えた融資であれば、立派な資金運用方法だ。たとえ一時的に増税するとしても、民たちに説明ができるだろう」

　カーティスの絶妙な突っ込みが入ったため、マティルダがドナルドを追い詰める必要はなくなった。

「……言えるはずがありませんよ、旦那様。融資して成功したならばそれは結果として、旦那様の手柄になってしまうのですから」

　マティルダは静かに言い、ドナルドを見据えた。

「なぜ、融資しているのにそれを偽るのか。……それは、旦那様に関する悪評にも関係しているのではないですか」

「何を――」

マティルダは息を吸い、胸を張った。

「ドナルド・ボウ。あなたは本当に、カーティス・クレイン様に忠誠を誓っているのですか？」

「………………」

「答えなさい！」

「……いいえ。私の忠誠は過去も今もティモシー様、そしてテッド様に」

うなだれたドナルドの告白に、カーティスが息を呑んだのが分かった。


クレイン辺境伯家先代当主であるティモシーは、ドナルドを登用した恩人だった。

彼のためにドナルドは資金のやりくりをして、主を支えた。「おまえのおかげだ」と言われることが、ドナルドにとって何よりの喜びだった。

……だがそんなティモシーはある日、甥のカーティスによって辺境伯の座を追われた。

「クレイン辺境伯の名はティモシー様に、そしてそのご令息であるテッド様にこそふさわしい。カーティス様……いいえ、カーティス。おまえのような平民上がりの者に仕えるなど、言語道断だ！」

それまでの礼儀正しい態度をかなぐり捨てたドナルドの言葉に、カーティスは唇を噛んでいた。

「……これが、おまえの素顔だったというわけか。俺が伯父上を追い出して、テッドのことをも疎んでいると思っているのか」

「何が間違っている！　テッド様を辺境伯城から追い出した分際で！」

「違う。……伯父上のこともテッドのことも、間違っている」

「間違ってなど……！」

さっとカーティスが片手を上げたため、ドナルドははっと息を呑む。そんなドナルドを、カーティスは寂しそうな眼差しで見た。

「伯父上が引退した理由は、社交界でもぼかされている。もちろん、おまえたち領民にも子細は知らせていない。……伯父上は、違法薬物に手を染めていた」

「……な、に？」

「そういう反応をするだろうから、伏せていたんだ。俺にも、伯父上に対する最後の温情はあったし……テッドを悲しませたくなかったから」

カーティスは目を伏せ、拳を固めた。

「テッドは、伯父上のことを純粋に慕っていた。だが城のあちこちに薬物があって、それを片付けるためにも聡いテッドを隔離する必要があった。……父親が薬物依存症になっていたなんて、テッドには知られたくない。そしてできるなら領民たちにとっての伯父上も、頼れる存在として記憶に残してもらいたかったんだ」

それはマティルダにとっても初耳だったが、おかげでいろいろと納得できた。

（旦那様はそんなことがあってもなお、先代当主様のことを思われていたのね）

爵位を退いた本当の意味を喧伝しないまま、そっと姿を消させる。甥が伯父にできる、最後の気遣いだったのだろう。

「……ドナルドは旦那様の評判を落として辺境伯位を追わせ、テッド様に継がせようとした。まだ若いテッド様だけれど、摂政《せっしょう》を立てられるのならば襲爵も可能。そうして……バンチ伯爵領から戻ってきたお金を少しずつ流し込むことで、テッド様の代になって経済状況が上向きになったと思わせようとしたのね」

マティルダの言葉に、ドナルドは力なくうなずいた。敬愛していた先代当主の闇を知ったことで、茫然自失状態になったようだ。

ドナルドの作戦は、国を欺くことにも取引先のバンチ伯爵家を貶《けな》すことにもならない。領民たちも、結果としては生活水準が戻る。カーティスの評判が地に落ち、代わりにティモシーとテッドの手腕が褒め称えられるようになる――それが、ドナルドの狙いだった。

彼なりに信念があっての行動だったのだろうが、頭を抱えてうなだれる男はただただ哀れで、マティルダは肩を落としたのだった。

＊＊＊

ドナルドの屋敷から帰る道中の馬車には、沈黙が流れていた。

マティルダはカーティスと向かい合って座っているのだが、夫は腕を組んだ姿勢でむっつりと黙っており、気さくに話しかけられる雰囲気ではない。

（ドナルドのことを信用していたみたいだし、ショックよね……）

ドナルドに何の思い入れもないマティルダは彼の不正を暴いても心が痛むどころか、やってやったぞという達成感さえある。だが真実が明かされたとしても、カーティスは信じていた人に裏切られていたどころか勘違いの末に憎まれていたなんて受け入れがたいだろう。

（こういうとき、どうお声がけをすればいいのかしら……）

これまで読んだことのある小説のタイトルを思い浮かべながら夫にかける台詞を考えていたマティルダだが、おもむろにカーティスが顔を上げたため彼と視線が重なった。普段は高貴な輝きを擁《よう》する紫色の目が少し翳《かげ》っているように思われて、マティルダはどきっとしてしまった。

「……視線を感じるのだが、何か言いたいことでもあるのか？」

「い、いえ、たいしたことでは。あの、私のことは放っておいてくだされればいいので……」

「……ふっ。おまえは不躾《ぶしつけ》なくらい堂々としていると思ったが、うろたえることもあるのだな」

カーティスがからかうように言ってきたので、むっとしてしまう。

「私も人間ですもの！　それに、旦那様のご気分をいっそう害することをしてはなりませんし……」

「気分？　元々悪くはないが」

「えっ？　ドナルドのことを考えてらっしゃるのでは……」

「あれはもう、過ぎたことだ。ドナルドは俺のことを嫌っており、俺を貶《おとし》めるために資産をいじくり回していた。そんなあいつは、捕まった。今のところ、あいつについてこれ以上考えることはない」

あっさりした夫の言葉に、マティルダは目を丸くした。てっきり裏切られたことを引きずっているのだと思いきや、それに関しては清算できていたようだ。

「そのことではなくて、俺が考えていたのはおまえのことだ、マティルダ」

「……今日の私、調子に乗りすぎましたか？」

「いや、あれくらい強引に進めるのが正解だと俺も分かった。それに……俺はおまえのことを軽んじていたのだと、痛感していた」

組んでいた腕をほどき、カーティスは肩を落とした。

「もう分かっているかもしれないが、おまえの行動を制限していたのは、金の問題を解決するためだ。ただでさえ俺は領民たちから歓迎されていないのだから、俺と一緒に表に出るとおまえまで中傷を浴びせられるかもしれない。だから早く問題を解決して、おまえが大手を振って外を歩けるようにしたかった」

「……ええ、分かっております」

新妻に外出するなと命じ、屋敷に放置する夫。それはマティルダが何も知らないうちに税の問題を解決して、何事もなかったかのように振る舞えるようにするためだった。

だがドナルドは捕らえられたし、彼は自分の過失と認め、税の不正利用について民たちに公表すると約束した。これで、カーティスの力量不足で税を上げられたわけではないと領民たちも分かってくれるだろう。

「結果としてうまくいったのだから、これでよかったのだと思います」

「だが結局のところ、俺はおまえに助けられた。おまえが強引な手を使おうとしなければ、俺はずっとひとりで戦い、いつか倒れていただろう。だから強引な面だけではなく、その才覚をも認めざるをえない」

カーティスは両手を膝の上に載せて、深く頭を下げた。馬車の窓から差し込む夕日を浴びて、彼の赤金髪がまばゆい黄金色に輝いている。

「ありがとう、マティルダ。おまえのおかげで、助かった。それから……今まで申し訳なかった」

「えっ⁉　そ、そんな、旦那様！　顔を上げてください！」

これまでカーティスに対してあまり敬意を表してこなかったマティルダだが、かといって頭を下げられるなんてとんでもない。

「旦那様は、確かにその、少し無謀だし頑固なところはおありですが、ご自身の責務を果たそうと必死になられていたのでしょう！　私に対する態度についても十分理解しておりますし、謝られることでは……」

「だが俺がおまえを放置していたのも、問題解決に当たろうとするおまえを軽んじていたのも、事実だ。思う存分殴ってくれていい」

「殴りませんよ！」

彼は深窓の令嬢だと思っているのだろうが、それなりに握力も腕力もあるマティルダが本気で殴れば彼の顔を少々変形させることくらいできる。命知らずな発言はしないでほしい。

「私も旦那様のことを、ええと……かわいくない人だな、とか思っていましたし、おあいこです！」

「……男はかわいくなくて当然では？」

「性格の面のことです」

マティルダは、せめて年長者の威厳を見せようと背筋を伸ばして微笑んだ。

「ということで、この件での謝罪はなしです。むしろ、旦那様のお役に立てたようなら私も嬉しいです。これで、少しは顔色がよくなりますね」

「……そんなにひどい顔色だったのか。だが確かに、今日からはゆっくり寝られそうだ」

「お望みなら、子守歌でも歌いますよ」

「そ、それは結構だ。だが、その、なんというか……」

ごほん、とわざとらしい咳払いをしてから、カーティスは続ける。

「これからは、おまえのことをもっとよく見ようと思う。俺は若くて未熟で、おまえの言うとおり愛想もなくて頑固だ。だからテッドに爵位を譲るまでの間、おまえの手を借りたい」

カーティスが、まっすぐこちらを見る。

その紫色の目にもう翳りはなく、マティルダは微笑んでうなずいた。

「ええ、もちろんです。契約妻として、存分に私を頼ってくださいませ」

「ああ、ありがとう」

馬車の中で、ふたりは微笑み合う。

その間に気まずいものはもうなく、穏やかで優しい空気が流れていた。

※※※

カーティスは、そろそろ限界を迎えようとしていた。

先代辺境伯である伯父が違法薬物を摂取していたと判明し、カーティスが「つなぎ」の領主になってから、一年。

麦の生産が思わしくなく納税に影響を及ぼす、とドナルドから聞かされたカーティスは、焦っていた。ただでさえカーティスが襲爵して間もなく、領民から認められていない時期なのに、自分の評価がマイナスでスタートしてしまったようなものだった。

だが、誰かに甘えたりしない。頼ったりしない。

自分は、できる、大丈夫。テッドの模範となるような領主であるべきなのだ。

帳簿を見る限り自分の代になって財政が落ち込んでいるのは確かなのだから、税を下げて民の生活水準を上げられるようにするための方策を打ち出さなければならない。そして、若くて未熟な自分を受け入れてもらうためにも、泥臭いやり方だろうとカーティス自ら方々に足を運び領民たちに近づかなければならない。

それでも皆は萎縮してしまい、腫れものに触るような扱いをしてくる。疲労を感じながら入った酒場でまだ十代半ばだろう少年たちを見かけ、こんな年の子でもせっせと働かなければならないのだと思うと、自分の無力さに苦しくなってきた。

「おまえたちのような未来ある子どもたちのためにも、頑張る」

少年にかけた言葉は、自分への叱咤だった。

子どもは子どもらしく遊んで勉強し、大人が生き生きと働けるような辺境伯領にする。伯父を越えられずとも、せめてマイナスをゼロにするくらいにしないと、テッドに顔向けできない。

早く、早く、なんとかしないと。

焦る気持ちに心が摩耗していき――そんなカーティスを、マティルダが救ってくれた。

＊＊＊

カーティスは、馬車の向かいに座る妻を見つめていた。

管財人であるドナルドの不正を暴き、彼に状況説明をすることを約束させた、帰り道。

マティルダは今日一日であれこれありすぎてさすがに疲れたのか、クッションに肩を預けてうとうとまどろんでいた。特に用事があるわけでないのに声をかけて起こすのはかわいそうなので、カーティスは彼女の眠そうな顔を観察することにした。

『契約妻として、存分に私を頼ってくださいませ』

先ほどそう言ったときのマティルダの笑顔が、思い出される。とても誇らしそうな、嬉しそうな顔だった。

カーティスが縛りつけていたときの彼女は、あんな顔は見せてくれなかった。契約妻としては完璧だが、どこかよそよそしくて冷めた感じのする表情ばかりで――

（いや、違う。俺がマティルダに、そういう表情をさせていたんだ）

カーティスは、青かった。未熟で頑固で、思い上がりも甚だしい若造だった。

マティルダはそんなカーティスに、正面からぶつかってくれた。矜持《きょうじ》ばかりを気にしていたカーティスの目を覚まさせ、真実を明らかにしてくれた。

マティルダのことを、見くびっていた。彼女の提案を、余計なことだと一蹴した。

(マティルダが強硬手段を取ってくれなかったら、俺はドナルドの思惑どおり領民からの信頼を失うだけでなく、マティルダの信頼も失ってしまっていただろうな)

誰だって、そうだ。自分の言葉を聞き入れてくれない人のことを、好きになれるわけがない。自分から自由を奪い、活躍をさせてくれない人のことを、敬《うやま》うわけがない。

マティルダには、力がある。カーティスにはない、彼女がこれまでの人生で培《つちか》ってきた能力が。

彼女のその力を借りて四年間を協力して歩むことが、カーティスにできること、夫としてするべきことなのではないか。

(マティルダ……)

妻を起こさないように心の中だけで、呼びかける。

まどろむ彼女の姿が、なぜかとても美しく見えた。

# 4章　契約夫婦の変化

マティルダとカーティスはお互いの心の内を明かし合い、契約夫婦ではあるものの最初の頃のような居心地の悪さやぎすぎすとした感じはなくなった。

人前だけべたべたして屋敷の中では最低限のやりとりしかしないのも、効率的なのでマティルダは悪くないと思っていた。だが契約結婚とはいえ自分たちは夫婦なのだから、よそよそしいよりはそれなりに打ち解けた間柄になった方が気分もいい、と感じられるようになった。

……ただし。

「……あの、旦那様」

「なんだ」

「いつまでこうなさるのですか？」

ある日、クレイン辺境伯領と隣接する伯爵領で開かれた夜会にて。

これまでのように「愛され奥様」の演技をしようとマティルダは張り切っていたのだが、どうにもカーティスの様子がおかしい。

先ほど、夜会主催者の伯爵夫婦に挨拶をした。その後挨拶回りをして、休憩のために会場の隅にあるカーテンで仕切られた空間に移動した。人目のないここで冷たい飲み物を飲み、ここまでの反省会を行おうと思ったのだが。

マティルダの言う「こう」とは、カーティスがマティルダの腰を抱き寄せている状態のことだ。もう周りの目を気にしなくてもいいというのにいつまで夫は自分の腰を支えているのだろうかと、彼の手の甲をちょんちょんと突《つつ》きながら尋ねた。

するとカーティスはゆっくり瞬《まばた》きをして、それからマティルダの言わんとすることに遅れて気づいたようにはっと目を見開いてから、弾かれたように手を離した。

「あ……すまない、ずっと触れていた」

「いえ、減るものではないので一向に構いませんよ」

いつもなら人目がなくなるとスンッと真顔になって離れるカーティスにしては珍しく距離が近いままだし、目線も少しうろうろしている。もしかして、疲れているのだろうか。

ドナルドが領民たちに経緯を説明したことで、カーティスに対する誤解は晴れた。そのおかげで良質な睡眠が取れるようになったらしく、夫がすやすやと眠る顔を見るとマティルダはとても安心できた。

（でも万が一にもお疲れになってはならないわ。寝る前に、安眠効果のあるお茶でも淹れようかしら）

……そんなことを思っていたのだが。

「マティルダ、相談がある。寝室を分けよう」

「……はぁ」

昨夜開かれた夜会の後は伯爵邸で一泊し、その翌日の夜に辺境伯領に戻ったマティルダは、蜂蜜入りの紅茶をふたり分用意してカーティスを待っていた。だが湯浴みを終えて寝室に来た夫は、唐突にそんな提案をしてきた。

「ずいぶん急ですね。あ、紅茶はいかがですか。蜂蜜入りです」

「ありがとう、もらおう。……それで、その、寝室についてだが」

「はい」

マティルダが夫に紅茶のカップを渡してからこれまでと同様に彼に背中を向ける形でベッドに座ると、背後から歯切れの悪い声が聞こえてきた。

「おまえのおかげで、俺は夜もぐっすり寝られるようになった。感謝している」

「それはようございました。……あっ、さては、私の寝相が悪いとか？」

「そうではない」

「では、寝言がうるさいとか？　それともまさか、夜な夜なあたりを徘徊するのが邪魔だとか？」

「違う！」

まさか自分が知らないだけで就寝中の行儀が悪かったのでは、とマティルダに一抹の不安がよぎったが、振り返ったカーティスが裏返った声で否定した。

「おまえはいつもおとなしく寝ているから、不満はない！　ただ、その、俺も睡眠を取るべきだが、おまえもゆっくり寝た方がいいのではと思って」

「ゆっくり寝られておりますが……」

マティルダは夜遅くまで働き朝早く起きる生活をずっと送ってきたからか、むしろ辺境伯城では毎晩ぐっすり寝られてとても助かっている。カーティスも寝相がいい方なのが、ありがたい。

（……いえ、もしかしたらこれは、旦那様からの遠回しな訴えなのかもしれないわ）

マティルダのため、と言いつつも実際は彼が、広いベッドをひとりで悠々と使いたくなっているのかもしれない。

蜂蜜紅茶を飲みながら考え込むマティルダをよそに、カーティスはカップを持つ手をそわそわさせながら言う。

「だからこれからは、リビングで本日の報告を終えたらそれぞれの寝室に上がることにしないかと。……いや、その、おまえと寝るのが嫌になったとかではないからな。ただ、なんというか……おまえがそばにいると少し、落ち着かなくなるというか……いろいろ気になるというか……」

「よろしゅうございます。では、そのようにしましょう」

「え、いいのか？」

マティルダがあっさり言ったからかカーティスは拍子抜けしたようだが、マティルダは穏やかに微笑む。

「もちろんでございます。旦那様が良質な睡眠を取れるのが一番ですもの。幸い私の部屋にも寝心地のよさそうなベッドがありますし、私はそこで寝ることにしましょう。旦那様のあどけない寝顔を見られなくなるのは、少し残念ですが……」

そう言いながらマティルダが立ち上がると、後ろから「は⁉」という裏返った声がした。

「あどけな……お、おまえ、俺の寝顔を盗み見ているのか⁉」

「盗み見るなんて、人聞きの悪い。旦那様がよく眠れているか、目元にクマがあったり眉間に皺《しわ》があったりしないかを、夜中に目覚めたときに確認しているだけです」

むっとしつつマティルダが言うと、カーティスは「そう、か……」と目線を落とし、ちびちびと紅茶を飲んだ。

（でも、もう私が寝顔の確認をしなくてもよいものね）

空のカップを手にしたマティルダはカーティスの前に向かい、お辞儀をした。

「それでは本日より、私は自室で寝ます。おやすみなさいませ、旦那様」

「……ああ、おやすみ。……その、マティルダ」

「はい」

「……この紅茶、とてもうまい。また、寝る前の打ち合わせのときに作ってくれないか?」

カップを手にしたカーティスが目線をそらしながら言うので、マティルダは笑顔でうなずいた。

「もちろんです。これでも蜂蜜の味と品質にはうるさい方なので、その日の気分にぴったりの蜂蜜紅茶をお淹れしますね」

「……頼んだ」

そこでようやくカーティスが顔を上げて、少し照れたように微笑んだ。

これまでのむっつりとしたとっつきにくい雰囲気から一転して、最近の彼はこういう表情を見せてくれるようになった。ひとりでいろいろなものを背負い込んでひとりで解決しようと背伸びをしていた彼が心安らいだ素顔を見せてくれるようになったのだろうと考えると、マティルダも嬉しくなる。

(寝顔と笑った顔はかわいいのに……って言ったら、きっとお怒りになるわね)

それはそれで見てみたいのだが今のところはやめておくことにして、マティルダは軽い足取りで自室に向かった。

マティルダ用の部屋には続き部屋があり、そこが侍女のカレンの部屋になっている。そのため、空のグラスを手にマティルダが部屋に戻ってきたのを見て、リビングの片付けをしていたカレンが目を丸くした。

「えっ、なぜこちらに？」

「今晩から寝室を分けようと、旦那様に言われたの。ベッドメイキングはできているわよね」

「………………」

「カレン？」

「……そんな。これまでいい感じだったのに、ここに来て振り出しに……いえ、マイナスになってしまうなんて！」

何を思ったのかカレンはわなわな震え始め、持っていた羽箒《はねぼうき》を手の甲に血管が浮き出るほど強く握りしめた。

「契約結婚とはいえ、同衾《どうきん》を許すほどであればそれなりの信頼は寄せられていると思ったのに……！」

「ああ、いえ、違うの」

カレンの勘違いに気づいたマティルダが先ほどカーティスに言われたことを説明すると、羽箒を今にも粉砕せんばかりだったカレンはきょとんとした。

「お互いの睡眠のため？」

「私がいると落ち着かないらしいの。旦那様の睡眠の邪魔をしてはいけないからね」

そう言いながらマティルダがきれいに整えられたベッドに腰を下ろすと、カレンは何やら悩ましげな表情になった。

「うーん……それはもしかして、真逆だったり？」

「どういうこと？」

「旦那様が奥様のことを意識されているから、寝室を分けようと言い出したのかもしれませんよ」

ベッドに腰かけて室内履きを脱いでいたマティルダは、カレンの言葉に目を丸くした。

「意識、って……つまり、旦那様が私に色恋関連の感情を抱かれていると？」

「そういうことです。何か心当たりはございませんか？」

「ふふ、ないない、そんなの何もないわ」

とんでもない発言を、マティルダはからっと笑い飛ばしてやる。

「どうせ、否定はしたけれど私の寝相が悪いとか寝言がうるさいとか、そういうので熟睡できないのよ」

「そうですかー？」

「そうよ。さ、もう寝るわ」

「はあい……。おやすみなさいませ」

「おやすみ」

カレンはなおも何か言いたそうだったが室内の明かりを落とすとお辞儀をして、部屋を出ていった。

ベッドに横になったマティルダは目を閉ざし、真っ暗な中で考える。

(実家のベッドよりも大きめなのに、やけに狭く感じるわね)

結婚してからずっとダブルベッドで寝ていたからか、シングルベッドが手狭に思われる。だが隣に夫がいないベッドは広々と使えるのでごろごろ寝返りを打ちながら、マティルダは考えた。

(旦那様が、私のことを意識している？　そんな心当たりは……)

ふと、先日伯爵領で開かれた夜会のことを思い出す。

以前だと人目がなくなるとすぐに離れていたカーティスなのに、マティルダが指摘するまでずっと腰を抱いていた。あのときのマティルダはカーティスがぼんやりしているのだと思ったのだが、もしかするとあれこそがカレンの言う、「心当たり」だったのだろうか。

そっと、自分の頬に触れてみた。そこはほんのりと、温もりを帯びている。

(もし旦那様に好意を寄せられているとしたら……それはまあ、嬉しいことだわ)

誰だって、嫌われるよりは好きでいてもらいたい。それにカーティスは眉目秀麗《びもくしゅうれい》な美青年で、職務に励もうとする姿勢は素晴らしいし、格好いいと思う。

だがそんな彼に好かれていると言われても「あら、そうなの？」みたいな感想だし、今のマティルダは恋愛相手というより弟の成長を見守る姉のような気持ちでカーティスを見ている。

(誰かを好きになる、誰かに好かれるっていうのは、どういう気持ちなのかしら……)

二十四年間生きてきたものの、その人生の大半を家と妹のために捧げざるを得なかったマティルダにとって、非常に難解な問題だった。

＊＊＊

結婚して三ヶ月経過して夏も本格的になり、日中だと薄手のドレスでもかすかに汗ばむほどの季節になった。税問題が解決したクレイン辺境伯領は至って平和で、マティルダはゆったりとした日々を送ることができている。

「カレン。今日のお手紙は？」

「奥様宛には、これといったものはございません」

「そう……」

本日の郵便配達が来たのを確認してからマティルダは問い、カレンの返事にがっかりしてしまった。

（やっぱり、ローズマリーからの返事はないわね……）

マティルダは近況報告を兼ねた手紙をローズマリーに送ったのだが、その返事は未だない。

配達記録からして男爵邸に手紙が届いているのは間違いないようだが、父が握りつぶしているのかもしれない。

（あの子はぽわっとしているけれど、手紙の返事を怠る性格ではないわ）

カレンも気にしているようで、「心配ですね」と声をかけてきた。

「お返事は難しくとも、ローズマリーお嬢様の手元に届いていればいいですね」

「そうね。……一度に百通くらい送れば、一通くらいはお父様の目をかいくぐってローズマリーのところに届かないかしら？」

「ふふっ、それはそれでおもしろそうです！」

カレンも乗ってくれたがさすがに百通も送る気力はないので、ひとまずまめに手紙を送るようにしよう、とマティルダは決めた。

そして、その日の夜。

「マティルダ、その……話がある」

夕食後のお茶の時間に切り出した夫の顔を、マティルダは冷静に眺めていた。

（お食事中から、やけに挙動が怪しいとは思っていたけれど……）

「はい、何なりとお申しつけください」

「ああ、いや、そんなかしこまるような話題ではない。それに、おまえに何かを命じるのではなくて、誘いたいのであり……」

マティルダの視線に促されたカーティスは咳払いをして、持っていたカップをテーブルに置いた。

「……今度、一緒に領地視察に行かないかと思っ――」

カーティスは変なところで言葉を切り、視線をそらした。――マティルダは気づかなかったが、彼女の背後の壁際に控えていたメイドや従者たちが一斉にカーティスを見て、メイドたちは何やら非難がましい視線を、従者は応援するような視線を主に送っていた。

使用人たちからの無言の圧力を受けたカーティスは咳払いをすると、「いや」と言い直した。

「その……旅行だ。新婚旅行に、行かないか」

「新婚……旅行……？」

「ああ。結婚して三ヶ月経ったが、俺はずっとおまえを屋敷に閉じ込めていたし、表に出るとしても夜会くらいで、おまえに自由に歩かせられなかった。それに、領地にはテッドもいるからな。あいつにもマティルダを紹介しなければと思っていた」

マティルダは、ゆっくりと瞬きをした。

「つまり、新婚旅行と領地視察、テッド様へのご挨拶を兼ねたお出かけに誘ってくださるのですね？」

「まあ、そんなところだ。クレイン辺境伯領の夏は、王都より過ごしやすい。逆に冬の寒さが厳しいから、出かけるとしたら暑いくらいの時期がいいと思ったのだが……」

「嬉しいです！　是非とも案内してくださいませ」

マティルダがすぐに乗り気になったからか、カーティスはほっとした顔をした。

「よかった。テッドも喜ぶだろう」

そう言うカーティスは本当に嬉しそうな表情で、そんな彼の顔からカーティスとテッドの仲が良好であるということが読み取れて、マティルダは安心できた。

（ドナルド絡みの問題があったときからテッド様がどんな方なのか気になっていたけれど、ご挨拶できるのならいい機会ね）

「では、旅行用のドレスや帽子などを買わないといけませんね！　パーティー用のものはたくさんいただいておりますが、領地視察もするとなるとそれなりに歩きますし、相応の衣装が必要です」

「そうだな。では今度デザイナーを呼んで一緒にいいものを注文しよう」

「……一緒に、ですか？」

あれ、と思ったマティルダが問い返すと、カーティスも不思議そうな顔でこちらを見てきた。

「だめなのか？　これまでは俺が一方的に用意していたから、これからはおまえの意見も取り入れながら選びたいと思っているのだが」

「いえ、滅相もございません。ただそうなると、デザインを決めるのにも時間がかかりますし……」

「いくらでもかければいいし、俺がそうしたいと思っているんだ」

カーティスがいやに強気に言い切るので、マティルダの方が圧倒されてしまった。

カーティスは決して服飾センスが悪いわけではないし、だんだんマティルダの好みも分かってきたようだ。彼から贈られるドレスや靴、髪飾りなどはどれも素敵なものばかりなので彼の独断で決められてもマティルダには何も文句はないし、カーティスだって自分で選んだ方が時間もかからずに済みそうなものなのに。

（……嬉しい、わ）

マティルダの意見も聞きたいと思ってくれること、そのために使う時間なら惜しくないと思ってくれることが、マティルダにとって嬉しかった。

＊＊＊

マティルダとカーティスの新婚旅行は、一ヶ月間を予定していた。広大な辺境伯の領地をぐるっと回るということを考えると、これくらいは必要だった。

カーティスは上級使用人と旅行の打ち合わせをしたようで、連れていくのはカレンとカーティスの従者だけとし、他の者は拠点に移動するたびに入れ替えることにした。

「一昔前のように交易路に盗賊がうろついているのならばこうはいかないが、今の辺境伯領は平和だ。人員を交代することで、拠点に駐在している兵士たちの活躍の場にもなる。荷物用の馬車も少なくて済むし、効率的だ」

夜のお茶の時間に報告を受けた際、このやり方についてマティルダが尋ねるとカーティスがそう答えたので、なるほど、と思った。

「だから執事や家政婦長たちは、滞在予定の拠点にもすぐに知らせを飛ばしたのですね」

「ああ。領地視察の際の必要経費を民に負担させる者もいるそうだが、俺はそうはしたくない。だから、俺たちが滞在した地域の次期の税を軽減させるという形で対応しようと考えている」

計画書を手にするカーティスの言葉に、おや、とマティルダの関心がくすぐられた。

(旦那様、税について考えられているのね)

マティルダの視線に気づいたのか、カーティスはこちらを見て小さく笑った。

「前までの俺だったら、こんなことは考えなかった……いや、考えても実行できなかっただろうな。徴税の際になんとか帳尻を合わせなければならないから、税の振り替え制度なんてやる余裕がなかった。これも、おまえのおかげだ」

カーティスが素直に礼を言うので、マティルダの方が少し慌ててしまった。

「いえ、こういったことを考えて実行するのは、旦那様だからできることです。私は、その、頭でっかちなだけなので」

「ドナルドの不正に気づいて、俺の反対をものともせずに屋敷に殴り込みをしに行った勇敢な辺境伯夫人のどこが、頭でっかちなんだ。俺こそ、おまえがいなければ自己中心的なろくでなし領主として終わっていただろう」

カーティスは笑うと、丸めた計画書を手の中でぽんぽんと弄《もてあそ》んだ。

「今回の旅行は、これまでのおまえの功績を称えての感謝の気持ちを伝える場でもある。だから、どんどん意見を言ってくれ」

「……あ、そういえば。旅行中も、寝室は別ですか？」

気になったので尋ねると、カーティスは驚いたようにこちらを見てきた。

「寝室……？」

「はい。もう拠点の町には連絡をしているそうですが、寝室についてはどうなさったのですか？」

「……しまった。それについて、打ち合わせをしていなかった」

カーティスは慌てた様子で言うのだが、それまでずっと黙って壁際に立っていた執事が呆れたように肩をすくめた。

「お二方《ふたかた》とも、なにをおっしゃいますか。外部での宿泊なのですから当然、同室に決まっております」

「あ、それもそうね」

ぽん、とマティルダは手を打つ。マティルダとカーティスが契約結婚だと知っているのはごく一部の者だけなのだから、外泊先では同じ部屋、同じベッドに決まっている。

（私としたことがうっかり、忘れていたわ）

そんなのほほんとするマティルダとは対照的に、カーティスは慌てた様子で執事に詰め寄っていた。

「同じベッドなのか⁉」

「当然です。でなければ、旦那様。宿を提供する者たちになんとご説明するのですか？」

「それは……。俺がソファで寝ればいい」

「まあ、それはだめですよ。長身な旦那様では、ソファで寝るのも大変でしょう。だから私が――」

「それはだめだ！」

「ならば、腹を括《くく》ってください」

マティルダの折衷《せっちゅう》案を一刀両断したカーティスに、執事はにこやかに言う。

「それに、領地にはテッド様もいらっしゃいます。テッド様は勘が鋭い方ですので、契約結婚であることを感づかれないようになさってくださいませ」

「まあ、そうなのね。分かった、気をつけるわ」

「……肝に銘じておく」

カーティスは、何やら悩ましげにそう言ったのだった。

＊＊＊

旅行の準備を終えたマティルダたちは、夏も終わりに近づいた晴天の日に辺境伯城を出発した。

普通の貴族の旅行となると馬車がずらりと並ぶものだが、今回使用するのはマティルダとカーティスが乗るものとカレンたちが乗るもの、それに日用品などを詰めた荷馬車が二台の、合計四台だ。

辺境伯夫人の新婚旅行ということは、町の人々にも伝えられていた。だからか、馬車が城門をくぐって大通りを南下する道中、あちこちから「いってらっしゃいませ！」「どうかご無事で！」という声がかかったり、手を振る人々の姿が見えたりした。

窓越しに彼らに手を振っていたマティルダはふと、隣に座るカーティスがおとなしいことに気づいた。彼も領主の務めとして手を振っているが、その紫色の目が少し寂しげに見える。

「旦那様、どうかなさいましたか？」

「……前、同じようにこうして馬車で大通りを通ったことがある。だがそのときは、誰もこちらと目を合わせてくれなかった」

いつもより少し低いカーティスの声に、マティルダはつい手を振るのを止めてしまいそうになった。

「伯父は領民からのウケはよかったし、ドナルドのような信奉者もいた。だからこそ、俺はなかなか認めてもらえなかった。あからさまに敵意を向けられたことはないが、腫れものに触るような扱いをされ、遠巻きにされてきた」

「…………」

「だから、この風景が……すごく、嬉しいと思った。皆に煙たがれるのも仕方がない、と思っていたのだが、やはり俺は領主になったからにはこうして、民たちに笑顔を向けられたかったんだな、と今しみじみ思った」

「旦那様……」

マティルダはカーティスの目を見て、気づいた。先ほどは少し寂しげに見えると思ったのだがそうではなくて、カーティスは胃の痛むような日々を送っていた過去を懐かしみつつも、今目の前に広がる光景に感じ入っていたのだと。

マティルダは空いている方の手を伸ばして、カーティスのジャケット越しの腕に触れた。

「これからも、この光景は続きますよ。そして四年後、皆はテッド様の襲爵を歓迎しながらもきっと、旦那様の引退を寂しく思うことでしょう」

「……そうだな。俺はこの光景を、テッドの代にも繋げたい。それがきっと、俺が『つなぎ』の辺境伯としてするべきことなんだ」

そう言って、カーティスが紫色の目をマティルダに向けた。その瞳にはもう哀愁漂う色合いはなく、まっすぐマティルダを――否、未来を見据えている。

（素敵）

ぽん、とそんな言葉が浮かんできて、マティルダは自分に驚いた。

カーティスは、贔屓目《ひいきめ》なしに見ても容姿が優れている。背も高くて、つり眉と垂れた目元はとても色っぽい。社交界で令嬢たちに囲まれるのにも納得してしまう色男ぶりだが、マティルダはそんな夫の格好よさを客観的に見ていた。美男子だな、と思うだけで、それ以上の感情はない。

だが今初めてマティルダは、夫のことが素敵だと思った。彼が生まれ持った容貌ではなく、未来を見つめる眼差しが――格好いいと思った。

（な、何なの？　私、どうしてこんなことを……？）

慌てて視線をそらし、領民たちに手を振る仕事に集中する。そうでもしないと、妙に熱を放つ顔をカーティスに見られてしまいそうだったから。

辺境伯城とその周囲の町は高い壁で包まれており、その外は一気に自然のあるがままの姿となっていた。マティルダはせっかくだからと馬車の窓を開け、心地よい風を車内に招き入れた。

「空気がおいしいですね」

「そうだな。俺は辺境伯になるまでは領内で暮らしていたから、街中よりこういう場所の方が性に合っている」

「旦那様は、どのような幼少期をお過ごしだったのですか？」

以前のよそよそしい頃ならともかく、今なら聞けると思ってマティルダが尋ねると、自分の座席の方の窓も開けたカーティスは小さく笑った。

「自分で言うのも何だが、なかなかのクソガキだったと思う。辺境伯家の傍系だから家庭教師がついていたが、とにかく暗記ものが苦手で勉強部屋から逃げ出そうとしては捕まり、連れ戻されていた。反面、剣術や馬術の訓練は好きだったな。厩舎《きゅうしゃ》の掃除なども苦とは思わなくて、家庭教師から逃げるために厩舎の藁《わら》の中に隠れていたこともあった」

「まあ……！」

十歳くらいのカーティスが藁の山に隠れている姿を想像して、ついマティルダは噴き出してしまった。だがカーティスは妻に笑われても悪い気持ちにはならなかったようで、快活に笑っている。

「あの頃は、楽しかった。大きくなったらテッドを支えられるようになれ、と両親から言われていたが、俺もそのつもりでいた。先に述べたとおり勉学より武術が好きだったから、辺境伯騎士団の団長にでもなりたいと考えていた」

「……そうなのですね。ではテッド様に爵位を譲られた後は、騎士団に？」

「そうしたいと思っている。テッドが十八歳になったら襲爵できるとはいえまだ若いから、しばらくはそばにいるつもりだ。あいつが独り立ちできるようになったら少しずつ離れていき、最終的に騎士の方面でやっていくつもりだ」

マティルダは、穏やかな表情でしゃべるカーティスをじっと見つめていた。

（旦那様は、爵位を譲った後のことも考えてらっしゃるのね……）

というより、そもそも騎士として生きるのが彼の本来の願いだったのだ。数年回り道をすることになるが、テッドが一人前になったら自分の目標を達成する方向に舵を切るのは、当然のことだ。

（その頃には私は、城からいなくなっているわね）

彼とは四年後に、何だかんだ理由をつけて離縁することが決まっている。その後のマティルダの処遇についてカーティスは配慮してくれるようだが、離縁する以上は辺境伯城にいることはできない。辺境伯領の静かな田舎町にでも行って、ゆっくりと余生を過ごすのみだ。

もしかするとその生活を送っている中で、騎士として武勲《ぶくん》を立てたカーティスが本当の愛を見つけ、再婚したという話を聞くかもしれないが――

――ずき、と胸の奥、みぞおちが痛むような感覚に、思わず腹部に手をやってしまった。

「マティルダ、どうした」

妻のわずかな挙動に気づいたカーティスがすぐに問うてきたので、マティルダは不自然でないようにゆっくり手を下ろして微笑んだ。

「何でもありません。少し、お腹が空いてきたなと思いまして」

「確かにそろそろ昼食の時間だな。もうすぐ昼休憩を取る予定の町に着くから、それまで暴れずに我慢してくれ」

「まあ、私のことを空腹のあまり暴れる妻だとでもお思いなのですか？」

わざとらしく怒った顔をして言い返すと、カーティスは小さく笑って両手を上げた。

「悪い悪い。怒らせた分、デザートを増量してやるから」

「私はそこまで食い意地が張っておりません」

ぷいっとそっぽを向くがマティルダが冗談でやっているのを分かっているようで、カーティスは笑いっぱなしだった。

（……感づかれなくて、よかったわ）

カーティスがマティルダとの離縁後、誰か素敵な女性と再婚することを想像して胸が痛んだことなんて、カーティスに知られたくないし……マティルダ自身も、あまり信じたくなかった。


旅行の初日は、辺境伯城からそれほど遠くない小さめの交易街で宿泊することになった。ここには二泊する予定で、明日一日は周囲を散策したり街の様子を見たりするつもりだ。

「ようこそいらっしゃいました、領主様、奥様！」

街で一番大きな宿では、主人夫妻のみならず使用人総出でマティルダたちを迎えてくれた。

ここまでされるとは思っていなくてマティルダは驚いてしまったが、カーティスの方は慣れた様子で歓迎を受けている。

マティルダたちは荷物の運び入れなどをカレンたちに任せ、先に部屋に向かうことにした。

案内してくれた女将《おかみ》は、「今日のために準備しました！」と、三階建て宿の最上階をまるまる使ったゲストルームに通してくれた。

地方の街の宿にあるゲストルームなので、辺境伯城の自室などよりも質素なものを想像していたが、マティルダが思っていた以上に広くて調度品もそろっており、つい物珍しげにあたりをきょろきょろしてしまった。

「こんなに広い部屋だったのですね。それに、とても歓迎してもらえて」

「俺たちをもてなせばもてなすほど、来期の税額が軽減される。となるとたいていの拠点は、多少の無理をしてでも歓待に力を入れてくれるものだろう」

「なるほど……」

来期に減税を受けられるのならば、これといった特産物などがない街ほど領主夫妻の歓待に注力するものだろう。

なお、減税措置にも繋がるおもてなしの記録と概算はカーティスの従者が行い、城に戻ってから執事や新しい管財人たちと相談して最終的な減税額を決めるそうだ。

（あっ、そういえば寝室は……）

部屋にはいくつかドアがあったのでわくわくしながらそれらを開けると、そのひとつが寝室に繋がっていた。案の定大きなベッドがひとつだけあり、しかもふたつの枕がぴったりくっついているのでマティルダは乾いた笑い声を上げてしまった。

年下の夫がうろたえないために、そっと枕を離しておく。

『旦那様が奥様のことを意識されているから、寝室を分けようと言い出したのかもしれませんよ』

いつぞやのカレンの言葉がふいに頭の中に蘇り、マティルダはぴくっと指先を震わせた。

あのときの自分は、カーティスがまさかそんな、とカレンの推測を却下した。マティルダとしては寝室が一緒でも問題ないのに、なぜカーティスはあんなことを言い出したのだろう、と思ったものだ。


夕食の後で湯を浴びて旅の汚れを落とし、大きなベッドに座って一日の反省会——といっても今日はずっと一緒にいたので特に報告することもなく、では明日に備えて寝よう、ということになった。

ここしばらくカーティスと離れて寝ていたので、隣に誰かいるのも久しぶりだと思いながらマティルダはベッドに入ったのだが。

（あら？　前は、もっとすんなり寝られたのに……）

旅の疲れもあるし、宿の主人たちがおもてなしに注力した結果ベッドはふわふわで寝心地もよく、普段のマティルダなら数呼吸の後には眠りに落ちるだろう。それなのに。

（鼓動が、聞こえる……）

普段は首筋に指先を押し当てないと分からない血の流れる音が、手を触れずとも聞こえてくる。全力疾走した後ほどの速度ではないものの、トッ、トッ、トッといつもより少し速く、少し大きめの音が耳の奥に響き、眠ろうとする気持ちを妨げてくる。

それだけでない。背中を向け合って寝ている夫の息づかいや匂いなども強く感じ取られて、手を伸ばせば届く距離に異性がいるという事実を突きつけられてしまった。

（ど、どうしよう。明日も早いのに……！　ええと、眠るには何かを数えればいいのよね……？）

帳簿が一冊、帳簿が二冊、帳簿が三冊……とやけくそのような気持ちで数えていたマティルダだったが、後ろの方で身じろぎする気配がしたため、帳簿を十三冊数えたところで中止した。

どうやら背後の人間も、マティルダと同じように寝つけないようだ。

「……旦那様？」

恐る恐る小声で呼びかけると、ごそ、とシーツがこすれる音がした。

「……寝られないのか」

「はい。体は疲れているはずなのですが」

「俺もだ」

思いのほかはっきりと聞こえてきた後、ごそごそと衣擦れの大きな音が響き、マティルダの下のシーツが引っ張られる。

「そういえばおまえ、いろいろ本を読んでいるそうだな」

「えっ？　ええ、まあ」

「何か、眠れそうな物語はないか？　読んでいる方も聞いている方も眠たくなるような」

マティルダが振り返ると、いつの間にかこちらを向く格好になっていたカーティスと視線がぶつかった。日光の下では紫色に見える彼の目が、今はまるで黒真珠のようで――その目を見ていると妙にどきどきしてくるのは、夫がこちらを見ていたことに驚いたからなのだろう、きっと。

（それより、ええと……旦那様がおっしゃるのはつまり、寝物語というものかしら？　それなら昔、ローズマリーにやってあげたわね）

「ありますが、読んでいる私の方はどうしても目が冴えてしまいます」

「そうか……」

「……あっ、ではこうしませんか？　私と旦那様で、物語を創作し合うのです」

マティルダも寝返りを打ってカーティスと向き合うと、彼はきょとんとした。

「創作し合う……？」

「深く考えるのではなくて、なんとなく思い浮かんだ言葉でお話を作るのです。なんとなくやる、というのがポイントで、だんだん考えるのが億劫になって眠くなるのを狙うのです」

ふふ、とマティルダが笑いながら言うと、趣旨を理解したらしいカーティスは目を細めた。

「やり方は分かったが、おまえと違って俺は物語の創作なんてできない」

「適当でいいのですよ、適当で」

「そんなこと……」

「では、私から始めます。昔々、山奥に住むおじいさんが、紫色に光るキノコを見つけました。はい、次旦那様」

「おい」

「旦那様、続きを」

「ちっ。……おじいさんはキノコを持って帰り、ぶつ切りにして煮込みました」

「キノコは煮込むと紫色から緑色に変わり、その煮汁を飲んだおじいさんは十代の頃に若返りました」

「お、おじいさんは若返ったので大喜びして、街に出かけました」

その後もしばらく創作物語は続いたが、だんだんふたりとも眠くなってきたことで物語が破綻していき、カーティスが「おじいさんは……無人島を……爆破しました……」と言ったところで、ふたりほぼ同時に寝落ちしたのだった。

翌朝は、マティルダもカーティスも想像以上にすっきり目覚められた。朝食で偶然キノコが出てきたときにはふたりして大笑いしてカレンたちを不思議がらせたりもしつつ、元気よく街の散策に出発することができた。

「朝から活気があるのですね」

まだ太陽が昇りきっていない時間ではあるが、既に街の大通りにある店のほとんどは開店しており、露店も多く開かれている。そんな往来を眺めたマティルダがつぶやくと、カーティスはうなずいた。

「今このあたりは、定期市を開いている期間だからな。夏の間に他地方にいた商人たちが、商品を売りに訪れている。このためにわざわざ足を運ぶ者もいるくらいだ」

今この街をにぎわせているのは「巡回市」と呼ばれる、辺境伯領の広大な土地を一年かけて回り、商品を買っては売り買っては売りを繰り返している商人たちによる市場だ。

「街で暮らす人たちにとって、巡回市の商人の持ってくる商品は目新しいですよね」

「ああ。だが今の制度では商人たちの巡回経路が一方向なので、商品の流れも一方通行になってしまう。辺境伯領の地図で見た場合、商人たちの順路は時計回りだから……」

「反対側の地方からの商品は、届きにくいということですね」

それは改善の余地がありそうだ、とマティルダはうなずく。

「巡回市を開く商人たちをグループ化して、一方向だけでなく他の順路で街を回っていく制度を作れればいいですね」

「反時計回りも作ると？」

「それだけでなく、北から南、東から西のようなルートも作れば、珍しいものが増えるため購買意欲は高まり、売り上げも見込めるのではないかと」

マティルダの提案に、なるほど、とカーティスはうなずく。

「今は俺が承認をするだけだが、いずれ組織化して統率《とうそつ》が取れるようになればいいな。となるとまずは商人たちについてまとめて――って、悪い。仕事の話になってしまった」

「まったく問題ございませんよ？　これは市場調査も兼ねているのでしょう？」

マティルダは当然だとばかりに言うが、カーティスは首を横に振る。

「いや、今回はおまえに辺境伯領を知ってもらうため、それからおまえに楽しい思いをさせるために旅をしている。堅苦しい話ばかりでなく、買い物でもしよう。ほしいものがあれば、何でも言え」

「そんな、旦那様からはいつも素敵なものをいただいておりますので……」

その言葉に、偽りはない。

カーティスは季節と場面に応じたドレスや宝飾品だけでなく、コロンや入浴剤、化粧品なども買ってくれる。普通、こういうのはメイドたちが購入希望を出してそれを承認した家政婦長が発注するのだが、カーティスは自分でいろいろ選んでマティルダに贈ってくれている。

（香水はどれもいい匂いだし、小物はかわいいだけでなく使い勝手がいいものばかりだし、お菓子はどれもおいしいし……これ以上我が儘なんて言えないわ）

「旦那様こそ、お好きなものを買われてはいかがですか？」

「俺はそこまで物欲がない。おまえだけが買えばいい」

カーティスが素っ気なく言うので、夫の頑固さにマティルダはむっとして……ひらめいた。

「では、私と旦那様ふたりで使えるものを買いませんか？」

「ふたりで？　そんなものがあるか？」

「もしくは、おそろいのものを買うとか？　私、妹とおそろいのものを持っていましたの」

「俺は妹ではないのだが……いや、まあ、その……おまえがほしいというのなら、買ってやってもいい」

「ありがとうございます！　では、おそろいになるものを」

「お、おい、分かったから引っ張るな！」

マティルダがカーティスの服の袖を引っ張ると、軽く叱られた。そのため彼の袖から手を離したのだがその直後、カーティスの左手がマティルダの右手を掴み、ぎゅっと握った。

（えっ……!?）

「……引っ張るなら、これにしろ」

驚いて目を瞠《みは》るマティルダとは視線を合わせずにカーティスはそう言うと、マティルダと自分の指と指をしっかり絡めた。そのままずんずん歩き出すのでマティルダの方が彼に引っ張られる形になったが、しっかりと手を握られているのではぐれることはない。

（……知らなかった）

カーティスの手が、こんなに大きいことを。

それから……彼に手を握られて、自分がとてもどきどきしていることを。


おそろいのものを買おう、ということで店を見て回ることにしたふたりだったが。

「……結局は、実用性第一だな」

「まったくもって同意です」

カーティスの言葉に、マティルダはうなずく。ふたりが立っているのは、文房具店の前。

様々な店を見て回ったのだがかわいい小物はカーティスには似合わない、マティルダは剣や馬具に興味がない、ということで、ふたりの趣味と実用性が一致するものがなかなか見つからず、結局色気もへったくれもない文具を買うことにした。

とはいえせっかくなので高級品をということになり、地元の名工がひとつひとつ丁寧に仕上げた売り物ばかりが並べられた店にした。そのためか店の入り口にも守衛がおり、彼は来客が領主夫妻だと知ると「領主様にお目通りがかなうなんて！」と嬉しそうな顔をしつつ通してくれた。

（わあ！　きらきらしていて、立派で……文房具屋ではなくて、宝石店みたい！）

実家が商売をする男爵家の出身ではあるものの、マティルダは親からあまり貴金属の類いを買ってもらわなかったし、自身としてもそこまで興味がなかった。

そんなマティルダにとって、きらきらしい文房具が展示される店内はまさに、高級宝石店だ。

だがカーティスの方は「なかなか立派な店内だな」とあっさりしており、迎えに出た店員に「妻とそろいのものを買いに来た」と慣れた様子で言った。

領主夫妻のためにと奮起した店員たちはいろいろなものを持ってきたが、その中からふたりが選んだのは万年筆だった。

ガラスペンも美しかったがマティルダには実家から持ってきたものがあるし、カーティスはこういう繊細なものを使うのが苦手だそうだ。そのため丈夫で美しくてかつ実用性のある万年筆を選び、インクも買うことにした。

「もしよろしかったら、お好きなお色を配合しましょうか？」

店員に勧められたので、ずらりと並ぶインク瓶を見ていたマティルダは首をかしげる。

「配合ができるのですか？」

「はい。当店で取り扱っているインク同士でしたらその場で作成可能です。お色の希望がございましたらご提案をお伺いして、新しい色を配合いたします」

「ほう、おもしろそうだな。やってもらおうか」

マティルダよりカーティスの方が乗り気になったようで、店員は嬉しそうに揉み手をした。

「ありがとうございます！　では、領主様はどのようなお色をご希望ですか？」

「妻の髪のような色は作れないか」

「はいっ!?」

一瞬も悩むことなくカーティスが発した言葉に、彼に背を向けてインク瓶を眺めていたマティルダは首が取れそうな勢いで振り返った。

妻の髪の色。つまりマティルダのこの、ありきたりな黒い髪の色を作ってほしいと。

「旦那様、何をおっしゃっているのですか？」

「俺はそんなにおかしなことを言ったか？」

急ぎカーティスに詰め寄るが彼の方が不可解そうな表情だったし、店員もにこにこ笑顔だ。

「おかしいだなんて、滅相《めっそう》もございません。実は色の配合のご注文の際に、配偶者や恋人の髪や目の色のインクをご希望なさる方も結構いらっしゃるのです」

「ほら、プロがこう言っているのだから俺は何も間違っていない」

なぜか自信満々に言われるので、マティルダの方がぐっと言葉に詰まってしまう。

「で、ですが、私の髪なんて珍しい色ではありません。この辺のどこかに同じ色があるはずです」

この辺、とマティルダは数種類並ぶ黒いインク瓶を示すが、カーティスはそれらを一瞥しただけで眉根を寄せた。

「どれも微妙に違う。マティルダの髪のような艶やかな色はない。俺がほしいのは、闇の中ではとろけるような漆黒だが日光の下ではほんのり青みがかって見える、おまえだけが持つ美しい色だ」

「なっ……」

とうとう言葉が出てこなくなり、マティルダは唖然《あぜん》としてしまった。

あまりマティルダの容姿についてあれこれ言わない夫に、髪が美しいと言ってもらえたことが嬉しいと思いつつも、その表現がやけに叙情的でどぎまぎしてしまう。

だが、それだけでなく……自分では冴えない黒、地味でありきたりな色だと思っていた髪を、「おまえだけが持つ美しい色」だと言ってくれたことが、マティルダの胸を打った。他のどの黒髪とも違う、マティルダだけが持つ色と特徴を、カーティスは見いだしてくれたのだ。

マティルダが口元を手で覆ってうろたえているのをよそに、カーティスは店員の方を向いた。

「ということで、そういう黒色を頼めるか？」

「もちろんでございます！　奥様の御髪をそのまま溶かしたかのような色をお作りします！」

どうやらマティルダに拒否権はないようだし、もう色の配合を止めようという気持ちは残っていなかった。

店員はこの場で色の配合をしてくれるようで、マティルダは椅子に座り、背後で店員が自分の髪を見ながらインクを混ぜるのを待つことになった。

「……私の髪の色のインクなんて作って、どうするのですか」

マティルダが問うと、カーティスは心外だ、とばかりに片眉を跳ね上げた。

「どうするも何も、使うに決まっている。ああ、だが報告書などを書く際に使うのはもったいないから、ここぞというときに使うようにしようか。黒は、どの文書でも使える色だからな」

確かに、文書を書く際に使うインクの色として推奨されているのは、黒か青だ。もしマティルダの髪が茶色や赤色だったら、たとえうまく色を配合できても普段使いすることができなかっただろう。

「……私だけ色を作られるなんて、なんだかずるいです。せっかくですし、旦那様の色も作られては？」

「俺の色？　金色のインクなんて作れないだろう」

確かに、店に並んでいるインクの中で一番カーティスの髪の色合いに近いのは黄色と茶色系統で、彼の髪のような透明感のある赤金色を作るのは難しそうだ。無理に作ってもらっても、「なんかちょっと違う」となりかねない。

ぐぬぬ、と思いながらカーティスを見るが、彼の関心は色の配合をしている店員の方に向いていた。

「経過はどうだ」

「今、いくつか案を作っております。いかがですか？」

そう言われたので、店員が差し出したパレットに乗る色をマティルダも見てみるが。

「どれも同じに見えるけれど……」

「いや、違う。……この中ではこれが一番近いが、もう少し青みを出せるか。薄く引き伸ばしたときにほんのり藍色に見えるくらいがいい」

「承知しました」

カーティスの細かい指示を受けて店員は配合をし直すが、面倒くさがるどころかいっそう創作意欲が掻《か》き立てられたようで生き生きとインクを混ぜていた。

そうしてしばらく、店員が見せた色をカーティスが確認する、というやりとりが繰り返された。もうマティルダの方が飽きてしまったので、待つ間に頭の中に暗記している『イスカンデル物語』を読み直すことにした。

そうして物語の二章が終わり主人公のアネットの出生の謎が明かされて城に行くところまで読んでようやく、カーティスが満足する色が仕上がった。

「ああ、これだ、これ。いつも俺が見ているマティルダの色だ」

瓶に詰められた黒いインクをうっとりと眺めるカーティスの隣から瓶を見るマティルダだが、店に並んでいる黒のインクとの違いが分からない。

「他の黒とどう違うのでしょうか……」

「まったく違う。これはマティルダの色だ。……よし、ではこの色をマティルダ・ブラックと名付けよう」

「やめてくれますか!?」

思わず突っ込むマティルダだが、一仕事を終えた店員が目を輝かせた。

「素晴らしいですね！　もしお二方さえよろしかったら、こちらの黒を領主夫人の色として店に置かせていただけないでしょうか」

「ああ、構わない。マティルダ・ブラックとして是非、売り出してくれ」

「旦那様！」

夫の暴走を止めようと声を上げるマティルダだが、店員は「領主夫人の色として張り切って販売します！」と大喜びで、カーティスも「目玉商品になればいいな」と言うものだから、これも経済のためなら……とマティルダは受け入れるしかなかったのだった。

＊＊＊

マティルダたちはその後も、朝に拠点の街を出発して夜までには次の宿に到着し、その町で二日ほど過ごして次の町へ、という流れで旅を続けた。

辺境伯城に比較的近い地域は人々の往来も盛んで店の数も多かったが、田舎になるにつれて牧歌的な雰囲気になっていき、宿泊先が小さな集落になることもあった。

それでも人々は領主夫妻一行の訪問を歓迎し、手厚くもてなしてくれた。街に着くたびに護衛も入れ替えたが、主にその地域在住の若者で構成された護衛団は辺境伯城の騎士たちほどの練度はないものの、真面目に仕事に取り組もうとしていた。こうして地方の自警団や民兵を起用することで、将来的に辺境伯領の防衛機能を高めることになるという利点もあり、カーティスは護衛の入れ替えを行っているようだ。

そうして旅行の路程のちょうど半分を過ぎたところで、マティルダたちは田舎にしては立派な屋敷の建つ拠点に到着した。大きな湖が臨める場所に建つこの屋敷には、カーティスの従弟である次期辺境伯テッドが住んでいる。

「ドナルドを告発する際にも言ったのだが……俺の伯父である先代辺境伯の引退理由について、テッドも含めたほとんどの者にはぼかして説明している。本当の理由を知っているのは執事や家政婦長などを除くと、国王陛下くらいだ」

馬車の中で、カーティスが沈痛な面持ちでそう言った。

「伯父上は、為政者、領主として決して無能ではなかった。ドナルドのような崇拝者がいたくらいだから、人心掌握も上手だったのだろう。……そんな伯父上だったが俺たちの知らない悩みがあり、違法薬物に手を出してしまったのかもしれない」

カーティスは、ひとつため息をついた。

「だがどんな理由があっても、違法薬物は服用はもちろん、所有するだけでも罰せられる。誰にも真実を明かさずに伯父上を引退させるだけで済ませ辺境伯家や領地をそのまま俺が継ぐことができたのは、国王陛下の温情のおかげだ」

「……だから、テッド様もご存じでないのですね」

　マティルダが言うと、カーティスはうなずいた。

「国王陛下は、どちらでもいいとおっしゃったのだがな。悩んだ末に、俺はテッドにも真実を告げないことにした。……その判断が正しいのかは、今でも分からないが」

「そういうものですよ。何が正しいか正しくないかなんて、その人が亡くなるまで……いえ、この世界が滅びる瞬間まで分からないものです」

　マティルダがあっけらかんと言うと、カーティスは少し驚いた様子でこちらを見てきた。

「……なんだかおまえらしくない台詞だな。さては、何かの小説に出てきたものか？」

「ご名答です。私の愛読書のひとつである『イスカンデル物語』に出てくる、主人公の恋人役の男性の名言です」

　彼は、貴族令嬢として歩み始めたものの自分の行いが正しいのか分からず悩む主人公アネットに、先ほどマティルダが口にしたような言葉をかけるのだ。

「自分の行いが今は『悪』と見なされても、それが長い月日の後には『善』だったと分かるかもしれない。でもそんなの、今は誰にも分かりません。だから私たちは今、自分が正しいと思うことをするしかないのです」

「なるほど。それは確かに至言だな」

　カーティスは、小さく笑う。

「とはいえ……いずれテッドに、真実を告げる日が来るかもしれないな」

「そうですね。テッド様が爵位を継がれるのが、四年後。その頃にはテッド様も真実を受け入れられるようになっているのではないでしょうか」

　父親が引退したとき、テッドは十三歳かそこらだったはずだ。それに彼は父親のことが好きだったそうだから、思春期まっただ中で繊細な心を持つテッドを守るためにカーティスが真実をぼかしているというのは、マティルダも正しい判断だと思っている。

（テッド様も、薄々気づかれるかもしれない。旦那様がよいタイミングで、真実を告げられたらいいのだけれど……）

　正面の席に座って窓の外を眺める夫を、マティルダは見つめる。

　結婚当初は、冷たい雰囲気で素っ気ない感じが前面に出ていたカーティスだったが、今はそんな彼のことが分かってきたし、彼ならきっとこれから先も大丈夫だろうと思えた。

　屋敷の前で馬車から降りると、玄関前にいた少年がこちらに向かって小走りにやってきた。その背後から「坊ちゃま！」と使用人たちが慌てた様子で走ってくるが、お構いなしのようで少年はたんっと軽やかに地面を蹴ってからカーティスに飛びついた。

「兄上、会いたかった！」

「久しぶりだな、テッド……おっと。ずいぶん力が強くなったな」

難なく抱きしめながらもカーティスがそんなことを言うと、少年はへへっと笑った。ふわふわの柔らかそうな金髪と青色の目を持つ、はつらつとした雰囲気の少年である。

「毎日走り込みと剣の鍛錬をしているんだ。そろそろ兄上から一本取ってみせるよ！」

「そうだな、後で腕前を見せてもらおうか」

カーティスはそう言ってから「ちょっと離れろ」と従弟の頭を軽く叩き、その肩を掴んでマティルダの方を向かせた。

「もう察しているだろうが、これが従弟のテッドだ。テッド、彼女が俺の妻のマティルダだ」

「初めまして、テッド様。カーティス様の妻のマティルダでございます」

マティルダが背筋を伸ばして優雅なお辞儀をすると、テッドは「わあ！」と声を上げた。

「こちらこそ初めまして、辺境伯夫人。……兄上の手紙からはぜーんぜんそんなこと分からなかったけれど、美人で優しそうな人だなぁ！」

「まあ、お褒めいただけて光栄です、テッド様」

「僕のことはテッドと呼んでください。……兄上も隅に置けないなぁ。手紙にはあんな――」

「少し黙っていろ、テッド」

カーティスは余計なことを言おうとしたらしい従弟の頭部をがっちりホールドするような格好で口を塞ぎ、ペンペンとその頭を叩いた。

「おまえもマティルダと話したいことがあるだろうが、まずは部屋に通してくれ。今日一日馬車旅だったから、疲れているんだ」

「んむっ……はいはい、了解だよ」

従兄のホールドから解放されたテッドはマティルダの方を向くと気取った仕草でお辞儀をして、手を差し出してきた。

「それでは、奥様。僭越ながらこのテッド・クレインが邸内をご案内いたします」

「ふふ。ありがとうございます、テッド」

「おい、それは俺の役目だ」

「やだなー、兄上。いくらきれいな奥さんだからって独り占めするのは、大人げないよ？　僕だってたまには、美人なお姉さんの手を取りたいんだから」

マティルダをエスコートする役目を奪われたカーティスは額に青筋を立てているが、従者がぽんと肩に手を乗せた。ここは諦めろ、という意味のようだ。

（とても仲がよろしいのね）

テッドに手を取られて歩きながら、マティルダはほっとしていた。

カーティスの話しぶりからして彼が従弟に対して友好的であることは知っていたが、ふたり

の仲が良好であるのは本当のようだ。今のじゃれ合いも、見せかけではなくてお互いに心を許した相手だからこそできるのだろう。

テッドの住まいである屋敷は辺境伯城よりずっと小さいが、要塞のようなあの城よりも開放的で明るく優美な造りになっており、こぢんまりしているものの庭にも手入れが行き届き夏の花が植えられているため壮観だ。

廊下ですれ違う使用人たちも皆柔らかい雰囲気で、すました顔でマティルダの手を引くテッドを見て「あのテッド坊ちゃまが、貴婦人をエスコートしてらっしゃる……！」「坊ちゃま、女性の手はそっと握るのですよ、そっと！」と大袈裟に泣くふりをしたりアドバイスを送ったりして、テッドの方も「うるさいなー！」と笑顔でいなしていた。

（辺境伯城内に転がっていた違法薬物の始末のために、テッド様をこちらに住まわせていると聞いていたけれど……すっかりここに落ち着かれているのね）

マティルダの心の声を読み取ったのか、テッドがこちらを見てきた。

「僕、去年父上が体調を崩したときからここに住んでいるのですが……奥様はそのあたりのこと、兄上から聞かれていますか？」

「はい、だいたいのことは」

「それなら説明の手間が省けますね。この屋敷は元々辺境伯家が所有する別荘のひとつで、子どもの頃はたまに避暑のために来ていました。でも今はあの城は兄上のものですから、僕はここで勉強と鍛錬に勤しんでいます」

「…………」

「あ、でも全然問題ないんですよ？　あの城は僕の生家なのですが、色気ないしごついしで、そこまで執着はないんです。むしろここみたいに毎日馬に乗って草原を駆け回れる場所の方が好きですから、爵位を継いでもこっちで暮らしたいなぁ、なんて思っているくらいです」

「いや、それはここに住む者たちの迷惑になるから、やめておけ」

マティルダたちの後を歩くカーティスが突っ込んだため、テッドはけらけらと笑った。

「分かってるって。とはいえ今のあの城は、兄上と奥様の愛の巣だもんなぁ。遊びに行きたいな、奥様に挨拶したいな、と思ってたけれど、兄上に怒られるのが嫌だからずっと我慢していたんですよね」

「申し訳ございません。もっと早くに挨拶に伺えたらよかったのですが……」

「いえいえ、奥様は何も悪くありません！　悪いのは、かわいいお嫁さんを城にしまっちゃうような兄上ですからね！　奥様が兄上にもの申せるような強い方で、よかったです！」

「おまえな……」

後ろの方でカーティスが苛ついているのが分かり、彼には悪いと思いつつもマティルダは小さく噴き出してしまった。

（なるほど。結婚してしばらくの間城から出させてもらえなかったことについて、そういうふうに解釈されているのね）

カーティスは税問題が解決するまでの間、マティルダを誹謗中傷《ひぼうちゅうしょう》などから守るために城に留め置かせたのだが、ここでは辺境伯の妻への愛が重すぎて軟禁していると思われていたようだ。

「大丈夫ですよ。今だから言えますけれど私、旦那様にだめと言われたにもかかわらずこっそり城から抜け出したことがありますから」

「は？」

「ええっ、そうなんですか⁉」

「しかも、二回も」

マティルダの告白にテッドは目を輝かせているが、カーティスは「おい、そんなの俺も聞いていないぞ！」と声を上げ、傍らにいた従者に「そりゃあ、言えませんよ」と突っ込まれて落ち込んでいたのだった。

テッドに屋敷の中の案内をしてもらってから、夫婦で滞在する際に使わせてもらう客室に通された。

ここにも立派なダイニングがあるがせっかくだから食事はテッドと一緒に取りたいと言うと、

彼はとても嬉しそうな顔になった。いつもひとりで食べていて寂しかったので、従兄夫妻とにぎやかに食べられるのが楽しみなようだ。

　案内を終えたテッドと一旦別れ、従者とカレンに荷物の運び入れの指示を任せたマティルダたちは、リビングにて休憩することにした。休憩のお供は、マティルダが持ってきた蜂蜜入りの紅茶である。

「テッド様、とても親しみやすい方でしたね」

　カップを渡したマティルダが言うと、何やらお疲れ気味な表情のカーティスは「……まあな」と天井を見上げてぼやいた。

「あいつ、昔から元気が有り余っているんだ。俺は辺境伯城ではなくてその近くにある屋敷に家族で住んでいたんだが、あいつに付き合わせると子守メイドが午前中でへばってしまうから、昼食と夕食を食べさせてやる代わりにテッドの面倒を見ろ、と言われていた」

「まあ……」

　十代半ばのカーティスが年齢一桁のテッドに振り回される光景を想像して、カーティスの隣に座ったマティルダはほっこりしてしまった。

　そこでカーティスは、「そういえば」と渋面でマティルダを見てきた。

「おまえは先ほど、城を抜け出したとか言っていたな」

「はい、どうしても外に出たくて」

「いや、あのときは俺も悪いことをしたと思っている。それに、無事に戻ってこられたということなんだから……いや、待てよ。さては使用人の中に協力者がいたな？」

「はい、家政婦長が」

「やはりあいつか……」

カーティスは敗北を認めたようで、ちびちびと蜂蜜紅茶を飲んだ。妻が軟禁状態から脱走していた――しかも二回――ことに気づけなかったのに加え、そんな妻に味方する者がいたことが悔しいし、己《おのれ》ではその協力者に勝てないと悟ったのだろう。

「まあ、終わったことだから別にいい。だが、城を抜け出して何をしていたんだ？」

「それは……秘密です」

「気になるだろう、教えてくれよ」

「だめです。私たちだけの秘密です」

マティルダはふふっと笑い、前のめりになる夫の唇にそっと自分の人差し指をかざした。

変装をして潜入調査をした先でカーティスと出会い、マティルダだと気づかないカーティスがかけてくれた言葉を契機に、税の問題に立ち向かおうと決めた。

それはマティルダとカレンだけの、秘密だ。

※※※

最近どうにも、マティルダのことが気になる。

結婚当初は、余計なことをせずに命令に従ってくれればそれでよくて、彼女のことを特段気にかけることもなかった。だというのに最近は妻が近くにいることに妙にそわそわしてしまい、落ち着かなくなってしまった。

（このままだと俺は、自分でも無意識のうちにマティルダに触れてしまうかもしれない……）

そんなことをしては彼女を困らせるだけなので、カーティスは寝室を分けることを提案した。

マティルダは、自分の寝言やら深夜徘徊やらの心配をしているようだが、そんなことは一切ない。マティルダはカーティスがうらやましく思うほど、寝相がいいのだから。

とはいえ、双方が良質な睡眠を取れるようにするため、と苦し紛れの言い訳をすると、彼女はあっさり受け入れてその日から別室で寝るようになった。

マティルダの聞き分けのよさにはいつも感謝しているが、今だけはなぜか、「もうちょっと抵抗してくれたらよかったのに」なんて理不尽なことを考えてしまった。

＊＊＊

カーティスは長い休暇を取り、マティルダを連れて辺境伯領内の視察——もとい新婚旅行に出かけることにした。

多くの貴族は、結婚して一年ほどは公務や領地経営の手を休め、妻と一緒にいられる時間を持つ。その期間中に妻が妊娠することも多く、夫婦円満や跡継ぎ問題解消のためにも新婚休暇を取ったり新婚旅行に行ったりすることが推奨されていた。

(まあ、俺たちは子どもを作るつもりはないのだが……それはそれとして、マティルダにはいつも俺の都合に付き合わせているし、たまにはゆっくりしてもらいたい)

そうして最初に訪れた拠点の街で、ふたりは「おそろい」のものを買うことになった。カーティスとしてはマティルダに贈り物をしたいだけだったのだが、マティルダはあまり物欲がないらしく、むしろカーティスとおそろいのものを持ちたいと提案してきた。

訪問した文房具店で万年筆を選んだ後で、せっかくだからとオリジナルのインクを配合してもらうことになったのだが……カーティスは自分でもわけが分からないくらい、妻の髪の色と同じ色のインクを作らせることに熱中していた。

店員が見せるどの色も、マティルダのあの青みがかった深い黒色とは違う。

(マティルダの黒髪は、艶やかでしっとりとしている。日光の下だと濃い藍色にも見える髪は本当にきれいで、触ってみたくなるような質感で……)

と、そこまで考えて妙に頬が熱くなってきたので、慌てて雑念を振り払う。なお当の本人であるマティルダは色の配合に付き合うのに退屈しているようで、椅子に座って何もない上空を見つめていた。

　しばらくして、カーティスも納得のいく黒色のインクができた。一見すると普通の黒インクだが万年筆に吸わせて線を引くと、インクが薄くなった部分だけほんのりと青みを帯びた色合いになる。完璧だ。

「……よし、ではこの色をマティルダ・ブラックと名付けよう」

「やめてくれますか⁉」

　配合したのは自分ではなくて店員ではあるものの、かつてないほどの達成感を胸にカーティスが宣言すると、妻は顔を真っ赤にして反対した。だが店員たちも大盛り上がりで、このインクが辺境伯夫人を象徴するグッズとなり儲けになるのなら……という話になると、マティルダは悔しそうにしつつも納得してくれた。

　妻は、おいしい話には弱いようだ。

＊＊＊

「こうして話をするのも久しぶりだね」

「そうだな。ここ一年ほど、顔を見せられなくてすまない」

「いいんだよ！　兄上が忙しいのは当然だから」

辺境伯領の田舎にある、こぢんまりとしているものの優美な屋敷にて。

昨日カーティスはマティルダと一緒に、従弟のテッドが暮らす屋敷にやってきた。テッドのテンション高めの歓待を受けて一泊し、翌日の午前中は三人で屋敷の散策をしたり町に出たりした後、午後からマティルダは侍女のカレンを連れて買い物に行った。

カーティスも一緒に行こうと申し出たのだが、「女性だけで出かけたいので」とマティルダにやんわりと断られた。ここで無理についていってマティルダに嫌われたくないしこの町なら治安の面でも安心だろうから、無理強いをするのはやめておいた。

そういうことで屋敷でテッドと留守番になったので、テッドの部屋にお邪魔して彼と一緒にお茶を飲みながら話をすることにしたのだった。

手ずから紅茶を注いだテッドは青色の目を細めて、向かいに座るカーティスを見てきた。

「それにしても。あの兄上が結婚するなんて思わなかったよ」

「『あの』とはどういうことだ」

「兄上、結婚する気なかったでしょ？　四年後には僕に爵位を譲るのだから、妻なんていらないって言っていたじゃないか」

そう言うテッドは彼らしくもなく、声が沈んでいる。自分のせいで従兄が独身主義を貫こうとしたのだろうと思い、後ろめたくなっているのだろう。

（馬鹿が。おまえがそんなことを気に病む必要はない）

カーティスはため息をつき、自分も紅茶を手で注いでからそれを飲んだ。

「俺は元々、そこまで結婚に関心がなかった。おまえのせいではないから、考えすぎるな」

「そうかな。……じゃあ、関心のなかった兄上なのにあんなに惚れ込むくらい、奥様のことが大好きなんだね？」

テッドを励ますつもりで言ったのだが、墓穴を掘ってしまったようだ。

下手なことを言うと自分の言動の矛盾になりそうでカーティスは顔をしかめたものの、ふと、それ以上に重要なことを聞かされたと気づいて身を乗り出した。

「テッド、俺はそんなに、その、マティルダに惚れ込んでいるように見えるのか？」

（もしそうなら、作戦としては大成功ではあるが……）

そもそもふたりは、「夜会でマティルダを見初めたカーティスの熱心なアプローチにより、結婚した」という設定でいっている。だから仲よし夫婦に見られるのは、非常に都合のいいことだ。

だが……なぜか、もやっとする。

前のめりに問われたテッドは、「ええっ」と声を上げた。

「どこからどう見ても、奥さんの尻に敷かれつつもベタ惚れの情けない旦那だよ」

「おい」

「だって本当だもの。兄上のことだから、奥さんができてもツンツンしたり上から目線で命令したりするんじゃないかな、大丈夫かな、と思っていたから、僕は安心したよ。奥様は強そうだから、兄上のだめなところをビシバシ指摘して、がっつりサポートしてくれそうじゃない？」

大当たりである。カーティスは従弟の慧眼《けいがん》に舌を巻き、そして同時にある事実に気づいて頭を殴られたかのような衝撃を受けた。

（かつての俺は、マティルダと相思相愛の夫婦に見えるように、らしくもないと思いつつ演じていた）

マティルダほどの役者能力はないにしろ、社交界で不審に思われない程度にはうまく振る舞えていると思っていた。だからパーティーなどが終わるとそこで距離を置き、慣れないことをするものだから肩が凝ってしまったものだ。

だが今は、どうなのか。

（俺は……「演じている」つもりなんて、まったくなかった）

いつぞやの夜会で、マティルダの腰にずっと触れていたことも。

マティルダの髪の色のインクを作らせたことも。

そして、テッドの前でのマティルダとのやりとりも。

カーティスが「いい夫婦」を意識して行ったことではない。ただ、彼がやりたいと思ったことをやっただけだ。

マティルダにずっと触れていたい。マティルダの面影のあるものを手元に置きたい。マティルダと自然なやりとりをしたい。そんな、偽りのない想いの結晶だった。

『奥様のことが大好きなんだね？』

（ああ、そうか）

ずっと嵌《は》める場所が分からずに、手に持ったままうろうろしていたパズルのピース。なんてことない、そのピースの収まる場所はずっと前から目の前にあったのだ。

カーティスがマティルダに対して向ける、想い。その正体と名前が分からず、ぼんやりとしていたものがようやく分かった。

（俺は、マティルダのことが好きになったのか）

強くて賢く、いつも背中をまっすぐ伸ばすマティルダ。かと思えばお茶目な面を見せたり、幼い少女のようにあどけない表情をしたりすることもあるマティルダ。

そんな彼女のことが、好きなのだ。

パズルのピースが収まる場所は、はっきりと分かった。だがカーティスはそれを摘まんだまま、固まってしまう。

（俺たちはいずれ、離縁するというのに）

そもそもこの婚姻は、四年後に別れること前提で始めたものだ。マティルダは実家から逃げるために、カーティスは面倒ごとを避けるために、契約結婚をした。

それなのにカーティスは、これからもずっとマティルダがそばにいると思い込んでいた。本当なら、彼女の名前がずっと残るような黒いインクなんて作らせるべきではなかったのに。思わせぶりな態度なんて、取るべきではないのに。

だが、一度気づいた想いを捨てることはできない。少なくとも、マティルダの気持ちを聞くまでは。

（……マティルダ）

何やらあれこれしゃべっている従弟をよそに、カーティスは目を閉じた。

どこか遠くで、パズルのピースが嵌まる音がした気がした。

# 5章　「好き」の形

領地視察も兼ねた新婚旅行から帰ると、クレイン辺境伯城の周辺は秋の気配が感じられるようになっていた。

家政婦長は「秋は、落ち葉の掃除が大変なのですよ」と言っているが、世界が鮮やかな色に包まれるこの季節がマティルダは好きだった。

「奥様、管財人からの報告書が届いております」

「ありがとう、今見るわ」

自室のベランダに出て秋の庭を眺めていたマティルダのもとに、カレンがやってきた。彼女が手にする銀盆には、しっかりとした厚みの封筒が載せられている。既に封が切られたそれを手にしたマティルダは、中の文面に目を通した。

ドナルドがクビになってから新しく就任した管財人はマティルダとそう年齢の変わらない若い男性ではあったが、王都の大学を卒業したエリートだという。カーティスの従者の伝手《つて》で辺境伯領に招いたという彼は非常に真面目で、働きぶりも優秀だった。

（最初のうちは、大学を卒業してすぐに見知らぬ土地に派遣されたことで戸惑っていたようだけれど、あっという間に馴染んだみたいね）

大学の首席卒業というのはお飾りの称号ではなかったようで、彼は辺境伯領の土地の特徴や強みを瞬時に理解し、今どこに金を回せばいいのかについてカーティスと相談して、計画を立てた。

簿記に関してはマティルダにはまだ及ばないものの、「金の使い方」についての知識と先見の明は見事の一言に尽きるので、彼を他の貴族に奪われる前にスカウトした従者の手腕に拍手である。

そんな彼からの報告書には秋の終わりに控える徴税期での税収見通しが書かれており、それによれば小麦、織物、畜産物など、どの部門においても大きな変動はなく、安定して徴税することができるだろうとのことだった。

またカーティスはドナルドが勝手に始めたバンチ伯爵領への融資も継続することを決め、長期的な資産の運用が望めるような対策も考えている。この調子ならカーティスの代における辺境伯領の財産は黒字を保てるだろう、と管財人は記している。

(やっぱり、ここ一年ほどの経営難は旦那様が原因ではなかったということね)

ドナルドの弁明を聞いたときから分かってはいたが、こうして確かな情報としてその事実を見ることができると、いよいよ安心できる。

……ただし。

「げっ……あのインク、本当に売られているのね」

「あのインクってもしかして、例のマティルダ・ブラックのことですか？」

満足の表情で報告書を読んでいたマティルダだったが、管財人が「追記」として書いていた項目を見て苦々しい悲鳴を上げたため、カレンが反応してにやにや笑い始めた。

「いいではないですか！　旦那様と奥様の結婚記念品とかが何もなかったので、今ではそのインクを記念品にしようって話になっているのでしょう？」

「最初聞いたときには、冗談だと思ったのよ！　だって普通記念品って、コインや絵皿とかでしょう？」

「辺境伯領の領民は質素堅実な人が多いからか、いざというときに換金するしか用途のないコインとかより、実用性のあるインクの方が好まれるみたいですよ。それに、普段使いしやすい色ですし」

カレンの言葉に、確かに、とマティルダは頭を抱えてしまう。

（私の髪がもっと派手な色だったら、こうはならずに済んだかもしれないわ……）

マティルダがぐぬぬ、と報告書を握りしめて苦悶の声を上げていると、部屋のドアがノックされた。

「マティルダ、入ってもいいか？」

「旦那様！　ええ、どうぞ」

マティルダが促すと、カーティスがドアを開けて入ってきた。

最近のカーティスはすっかり元気になっており、練兵場での兵士の指導や報告書の確認、来客の応対など、辺境伯にふさわしい仕事をするようになった。

彼は今日の午前中、以前提案していた商人ギルド設立の計画を進めるために招いた者たちと話をしていて、昼食も彼らと取っていた。そのため、マティルダが彼と会うのは朝食ぶりだ。

「管財人から報告書が届いたそうだが、マティルダは見たか？」

「はい、今見たところで……旦那様！　このインクについて、どうにかなりませんか⁉」

「どうにか？　……ああ、そうだな。おまえの名前を冠しているのだから、売り上げの一部はおまえの個人財産にするべきだな」

「そうではありません！」

マティルダはのほほんとする夫に歩み寄り、先ほど握りつぶした報告書を鼻先に突きつけた。

「あのインクを結婚記念品にするということですが、私は承認しておりません！」

「そんなに嫌か？　皆にも使わせたのだが、インクが薄くなったときに一瞬だけ見える青色が慎ましく上品で、まさにマティルダのようだと絶賛しているのだが」

「そっ……そんなことは、ないです」

まさかそんな評価を得ているとは思わず、マティルダの頬がじわじわと熱くなっていく。

慎ましくて、上品。そんなの、マティルダの性格ではない。

「私は、その、旦那様の契約妻として、役を演じているだけです。慎ましくて上品というのも物語の登場人物を真似ただけで、実際の私はもっとがさつですし……」

「ああ、そうだな。がさつで強引で、芯が強い。おまけに気も強くて、扱いが難しい」

……自分のことを必要以上卑下するつもりはないものの、カーティスの指摘は正しい。とはいえ、ここまでずけずけと言われたらさしものマティルダも複雑な気持ちになるのだが――

「……そんなおまえがいいと、俺は思っている」

「えっ」

マティルダが目を瞬《またた》かせると、その手から皺になった報告書を没収したカーティスは紫色の目を細めて微笑んだ。

「おまえのような女でないと、俺の妻は務まらない。その強さがおまえの魅力だし、マティルダ・ブラックの黒色はおまえのそういう気質を如実に表していると思っている。例えば……」

そこでカーティスはずい、とマティルダの方に身を寄せた。反応が遅れたマティルダが後退するより早く、カーティスの空いている方の手が伸びてマティルダの腰に触れ、優しい力で引き寄せられた。

マティルダのハシバミ色の目と、カーティスの紫色の目が、交わる。

「インクに浸したペンで書いた字は、黒だ。それはおまえの持つ強さと賢さの表れであるが、線を延ばすにつれて黒の中に鮮やかな濃紺が混じる。強いだけでない、清廉さと気品が、その青だ。初見では分かりづらいが、おまえのことを知れば知るほどその青の美しさに魅了される」

「あ、えっ……?」

「……あの夜会で初めておまえと会ったときの俺は、おまえの持つ美しい青に気づけなかった。だが今はおまえの短所も長所も、その辺のどの男よりもよほど知っている自信がある」

……これは、どういうことだろうか。

あのツンケンしていた夫が、吐息が混じりそうなほどの距離までマティルダに顔を近づけ、こっぱずかしい台詞を吐くなんて。頑固で堅物な夫は一体どこで、こんな詩的な表現を学んだのだろうか。

顔が、熱い。このまま彼の瞳に見つめられていると自分のありきたりなハシバミ色の目が紫色に染められてしまうのではないか、と変な想像をしてしまう。

「えと、もったいないお言葉に感謝します。ですが、やはりインクを記念品にするというのは……」

「だめか?」

「その……」

だって、そんなことをすると。

(……離縁、できなくなっちゃうじゃないの)

口にすればカーティスを一撃で黙らせられるだろう言葉が喉まで出かけて、そのまま胃に戻ってしまう。

言えばいいのに。どうせこの場にはカーティスとカレンしかいないのだから、契約結婚のことを口にして都合が悪いということもない。結婚記念品まで作っておきながら四年後に離縁するなんて体裁《ていさい》が悪いことはできないから、やめてほしい、と言えばそれまでだ。

それなのに一度胃に戻った言葉は再び這い上がる様子もなく、マティルダは敗北を認めて夫の自慢げな顔をむっと見上げてやった。マティルダは精一杯にらんでいるというのになぜか夫は笑みを深くしたのが、気に食わない。

「では、売り上げの一部を私の個人財産としてください。それで手を打ちましょう」

「はは、もちろんだとも」

マティルダの承諾をもらえたからか、カーティスは嬉しそうだ。

この個人財産は、彼と離縁した後の生活費にする。そう自分の中で決めないと、胸の奥のもやもやをうまく片付けられそうになかった。

「後で約束を違えぬよう、夫婦といえど契約書は書いていただきますからね」

「もちろんだとも。すぐに書類を準備しよう」

「……本当に、かわいくない人ですこと」

あまりにも順調に話を進めるものだからマティルダがそっと毒づくと、カーティスはひょいと片眉を上げげた。

「俺はかわいくなくて結構だ。かわいい担当はむしろ、おまえの方だろう」

「はっ……え？」

「気づいていなかったのか？　今のおまえ、強がっているくせに顔が真っ赤で、とてもかわいい。……そういうことだから、しばらくは外に出ないように。今の顔で表を歩くと、おまえに懸想《けそう》する騎士や兵士たちが現れかねない」

ぽかんとするマティルダに追い打ちをかけるようにカーティスが耳元で囁くものだから、マティルダは「きゃっ⁉」と悲鳴を上げて、両耳を手で塞いでしまう。実は、子どもの頃から耳はあまり強くないのだ。

ざっと後退して距離を取ったマティルダを見て、カーティスは笑みを深くした。

「……なるほど、耳が弱いのか。いいことを知った」

「悪さをするなら怒りますよ！」

「おまえに怒られるのならば僥倖《ぎょうこう》だ。……とはいえおまえのご機嫌を損ねるのは本意ではないので、一旦退散しようか。インクの売り上げ配分に関する書類を作ってくる」

きーっと威嚇《いかく》するマティルダを軽くいなしたカーティスは、去り際にそっとマティルダの頬を指先で撫でた。まるで猫が通り過ぎざまに飼い主の脚に尻尾を擦りつけていくかのような所作に、マティルダがびくっと身を震わせたのを満足げに見て、カーティスは部屋を出ていった。

（な、何⁉　何だったの、今のは⁉）

絶賛混乱中のマティルダが夫の指が触れた頬にぺちぺちと触れていると、はふう、という大きなため息が聞こえた。

「びっくりしましたね！　まさか旦那様があそこまで奥様に接近されるとは！」

「……どうして止めなかったのよ」

どうやら先ほどのやりとりの間息を潜めていたらしいカレンをじろっとにらむと、彼女は悪びれた様子もなく微笑んだ。

「一介の侍女では、辺境伯閣下をお止めすることなんてできませんよ。それに奥様だって、本当にお嫌だったら旦那様のあごを殴るなりしていたのでは？」

「それは……まあ、そうだけれど」

つまりカレンは、カーティスに詰め寄られても反撃らしい反撃をせずに流されてしまったマティルダに責任があるというのだ。本当に嫌だったら毅然として拒絶しただろう、と。

（嫌……ではなかったわ）

マティルダはカーティスのことをかわいげのない頑固者だと思っていたが、嫌な人だとか近くにいると不快だなんてことは思っていない。そもそも嫌だったら、一緒に新婚旅行に行ったりしない。

（でも、今の旦那様は変よ！）

『おまえのことを知れば知るほど、その青の美しさに魅了される』

『今のおまえ、強がっているくせに顔が真っ赤で、とてもかわいい』

あんな熱い瞳で、あんなことを言うなんて。まるで、マティルダのことを好——

グシャッ！ と、マティルダは手元に残っていた報告書の封筒を自分の顔に押しつけた。カレンが「奥様がご乱心⁉」と素っ頓狂な声を上げるのをよそに封筒を顔にくっつけたまま、何度も深呼吸をする。紙封筒独特の少し埃っぽいような青臭いような臭いのおかげで、頭の中で湧きそうになった疑惑が晴れていく。

（そう、あり得ないわ。旦那様が私を好きなんて……あり得ない。あってはならないのよ）

いつか別れると分かっている相手に、好意を向けるわけがない。そしてマティルダもまた、離縁する予定の夫に特別な想いを向けたりしない。そんなの、別れが辛くなるだけだから。

それなのに。

「別れたくない」と、心の奥底で誰かが叫んでいる。普段は黒色で隠されている青いインクがにじみ出てきてしまいそうになっているのを、マティルダは感じていた。

＊＊＊

秋も深まった頃、辺境伯城で狩猟パーティーを開くことになった。

この時季は森に棲む動物たちがよく肥えているため、狩猟向けの土地を持つ貴族は客人たちを招いて狩猟ゲームを行っている。狩猟ゲームというくらいだから狩った獲物の軽重を競って順位をつけるのだが、これはれっきとした伝統行事であり食糧調達手段でもある。

領主が狩猟ゲームを開いた際に狩られた獲物は、下働きたちが解体する。その肉のほとんどは客人に振る舞われるが、大量に獲れたときには冬季の保存食にしたり、領民に振る舞われたりする。これから農作物も獣肉も得にくくなる秋の狩猟ゲームは、多くの者に喜ばれる行事だった。


「俺たちが狩猟ゲームに出ている間、パーティーのことは任せた」

「お任せください。旦那様も、狩猟頑張ってくださいね」


狩猟パーティー当日の朝、マティルダはリビングでカーティスと打ち合わせをしていた。

今回のパーティーに招待しているのは、カーティスの知人とその家族だけだ。彼が王都の騎士団に所属していた頃に知り合った関係なので、若者が多い。中には中年層の者もいるがほとんどは二十代の青年で、同じ年くらいの妻や小さな子どもを連れてくる者もいる。

狩猟用のクロスボウを手に馬に乗って森を駆けることができるのは男性のみで、パーティーの主催者であるカーティスも当然ゲームに参加する。主催者をゲームで勝たせるのが暗黙の了解らしいがカーティスはそういう忖度《そんたく》をされることを嫌っているようで、客たちにも容赦をしないようにと言っているそうだ。

主人が狩りに出ている間は、女主人が女性客や子どもたちをもてなす必要がある。男性たちが森にいる間は正直暇なので、お茶やお菓子を準備しているし、子どもが退屈しないようにと土の上で遊べる場所も整備させた。

狩猟はどうしても汚れるので、今日のカーティスは普段よく着る白系統の衣類ではなくてキャラメル色のジャケットとスラックス、チェック模様のハンチング帽子を身につけている。腰にはクロスボウ用の矢を入れておく矢筒が取りつけられており、手には黒くてごつい手袋を嵌めていた。

（いつもはどちらかというと貴公子然とした格好と佇まいだから、こういう格好は新鮮ね）

つい夫の姿にまじまじと見入ってしまったのに気づかれたようで、それまで手にしていた招待客一覧表を従者に渡した彼はこちらを見て、気取った仕草で片目を閉じた。

「どうした、そんなに俺をじっと見て。……もしかしておまえは、こういうワイルドな格好の方が好きだったりするのか？」

「それは……いえ、まあ確かに、悪くはありませんね」

正直なところ、マティルダはカーティスの見目は十分優れていると思っている。だがそれを認めるのはなんだか癪《しゃく》なので言葉を濁したのだが、そんな胸中なんてお見通しだと言わんばかりに、くつくつと笑ったカーティスがマティルダの方に身を乗り出してきた。

「そんなつれないことを言いながら、俺を見る目はとろけていたぞ？」

「そんなことありませんっ！」

「ははっ、そうか。……雰囲気が違うといえば、今日のおまえもいつもと違うな」

「えっ、ああ、はい。カレンが選んでくれた、ガーデンパーティー用のドレスです」

カーティスに指摘されたので、マティルダはドレスの袖口を少しいじった。

普段からマティルダのために十分な数のドレスや小物を買ってくれるカーティスだが、たまには侍女のカレンが選んで注文することもある。

今日の秋用ドレスはカレンが「これ、絶対に奥様に似合います！」と太鼓判を押したもので、ベージュブラウンの落ち着いた色合いだ。色こそ地味だが胸元にはフリルがあしらわれ、袖口のカフスボタンや歩いたときにわずかに裾から見え隠れするペチコートなど、上品な美を醸し出している。

かといって身につけるもの全てが侍女が選んだものというのは夫を立てるという意味でよくないので、チュールのついたヘッドドレスやグローブ、ネックレスやイヤリングなどはカーティスからもらったものを身につけている。

カーティスはマティルダの装いを見て、満足そうにうなずいた。

「狩猟ゲームの日の女主人の装いにぴったりだ。おまえがクロスボウを持てばさぞ、映えるだろうな」

「まあ、そんなことをお許しになれば私が横から、旦那様の獲物を捕ってしまいますよ？」

クロスボウの持ち方も矢の番《つが》え方も知らないのだが冗談で言うと、カーティスも快活に笑った。

「それは困るな。今夜おまえが口にする肉料理は全て、俺が狩った獲物で作らせる予定だ。おまえに捕られては俺の立つ瀬がなくなるから、おとなしくしていてくれ」

カーティスはそう言ってきびすを返し、玄関の方に行こうとした。

「……悪い、忘れていた」

彼は足を止めて振り返り、小首をかしげて小さく笑う。

「今日のおまえも、美しい。おまえに勝利を捧げることを約束して、ゲームに挑んでこよう」

「い……えっ？」

「待っていてくれよ、俺の勝利の女神」

気障《きざ》っぽく――だが紫色の目は冗談の欠片《かけら》もなく真剣な色合いでそう言い、カーティスは帽子のつばを軽く指先で弾いてから一足先に玄関に行ってしまった。

残されたマティルダは、しばし呆然とその場に突っ立っていた。夫と一緒に客人たちのところに行かないといけないと分かっているのに、足が言うことを聞いてくれない。

『今日のおまえも、美しい』

「も」ということは、いつも思っているのか？

『待っていてくれよ、俺の勝利の女神』

彼はマティルダのことを――比喩的表現だとしても、女神だと思っているのか？

「……意地悪」

なんで、なんでこのタイミングであんなことばかり言うのだろうか。

これから人前に出るのだというのに妻の顔をこんなに熱くさせて……本当に、意地悪な人だ。


狩猟パーティーのために、辺境伯城の普段は色気ない庭はきれいに飾られていた。

マティルダが嫁いできたばかりでカーティスがカリカリしていた頃の庭は、暖かい季節だというのにほとんど花が見られず殺風景だった。だが税問題が解決したことをきっかけに、カーティスは新しい庭師を数名雇った。おかげで夏から秋にかけて庭は花で彩られたし、こうして客を招いてパーティーを開く際にも困らないくらいの華やかさを呈することができるようになった。


本日招待されたのは、八組の貴族だ。そのうち六組は妻同伴で、二組は近いうちに結婚する婚約者を連れている。子どもも乳児から幼児まで四人いた。

まずは、カーティスと一緒に招待客と挨拶をする。本日の招待客は中年の夫婦が伯爵夫妻で、後は子爵家や男爵家の当主や跡継ぎたちだ。よって、彼らの方から挨拶に来るのを辺境伯夫妻であるマティルダたちが待つ形になった。

とはいえ皆カーティスの知り合いで、マティルダのこともすんなり受け入れてくれた。母親に促されて挨拶をする幼児に「おくしゃま」と呼ばれたときには、顔がほころんでしまった。

狩猟衣装の男性たちが身仕度をしたり貸し出し用のクロスボウの点検をしたりしている間に、

カーティスがマティルダの方にやってきた。

「それでは、狩りをしている間のことは頼んだ。何かあれば執事たちに言えばいいし、猟場管理人《ゲームキーパー》も近くにいるから遠慮なく呼んでくれ」

「かしこまりました。旦那様も、一位を目指して頑張ってくださいね」

「もちろんだ」

カーティスは小さく笑い、軽く手を振ってきびすを返そうとした。そんな夫の姿を見ていて――こんこん、とマティルダの胸の奥のドアを「好奇心」がノックしてきた。

今こそ、最近少し調子に乗っている夫の鼻を明かせるときなのではないか？　と。

(『愛と荊』に出てきた伯爵夫人なら、きっとこうするわ……！)

頭の中にお色気たっぷりの貴婦人の姿を思い浮かべその人物像を心の中に落とし込んだマティルダは、「あなた」といつもより甘めの声で呼びかけた。普段は「旦那様」と呼ぶからか、いつもと違う呼び方に違和感を覚えたらしいカーティスがマティルダの方を向いたので――

「……あなたに、勝利を」

カーティスの左肩に両手を乗せてぐいっと下方に引くことで彼の体をかがめさせ、こちらに突き出すような格好になった夫の頬に、マティルダは唇を寄せた。

ヘッドドレスについたチュールのおかげで、周りにいる者たちにはマティルダが本当にカーティスの頬にキスをしたように見えたのだろう。「まあ！」「おやおや」「ちゅーしてる！」という声があちこちから上がり、心の中でガッツポーズを決めた。

（うんうん、上出来だわ！）

夫の肩を押さえていた手を下ろして、カーティスの顔を見上げる。彼は最初、何が起こったか分からなかったようで呆然としていたが、やがてその紫色の目が左右にせわしなく動き、手がぎこちなく自分の左頬に触れた。それを見て、ますますマティルダの中での満足度が上がっていく。

（どうやら効果てきめんのようね！）

これで、マティルダの気持ちが少しは分かっただろうか……と、にやにやしたいのを堪《こら》えてしとやかでかつ艶やかな微笑を湛《たた》えて夫の顔を見上げていたマティルダだったが。

（えっ、あれ……？　怒っている？）

つい先ほどまで明らかにうろたえていた夫が、笑顔でマティルダを見下ろしていた。だがマティルダはこの笑顔に、危険を感じ取った。これは「怒り」を表しているのだと、なぜか分かってしまった。

一瞬で役者設定も吹っ飛んでしまったマティルダに、カーティスが「マティルダ」と妙に甘ったるく呼びかけた。

「こんな素敵な祝福をされると、頑張らざるを得なくなるな。……当然、勝利をおまえに捧げよう。それだけでなく……今夜、話がある。いい子だからベッドでおとなしく待っているように」

「は、はい」

（やっぱり怒っている⁉）

びくびくしつつうなずいて、マティルダは逃げるように夫から離れて貴婦人たちのところに戻った。

（怒らせるつもりじゃなかったのだけれど、不快な思いをさせてしまったのかしら……？）

調子に乗りすぎたのは自分であり、カーティスを怒らせたことにも落ち込んでいたマティルダだったが、そんな彼女の肩がとんとんと叩かれた。振り返るとそこには、招待客の貴婦人たちが。

「マティルダ様、見ておりましたよ」

「えっ……」

どきっとするマティルダだったが。

「辺境伯閣下がまさか、まさかあんな情熱的な『お誘い』をされるなんて！」

「うらやましいことです。わたくしはもう、あんなふうに誘われなくなって久しいものですから」

「よかったですね、辺境伯夫人。今晩はきっと、盛り上がりますよ！」

詰め寄りながらそう言うのは、マティルダと同じか少し年上くらいの貴婦人たち。

最初、何を言われているのか分からなくてマティルダは思考停止していたが、間もなく彼女らが盛り上がる理由に気づいた。つまり、先ほどの「ベッドでおとなしく待っているように」というのは説教のためではなくて、むしろ――

「あ、あの。おそらく夫はそういう意味で言ったのではないと思います」

想像しただけで顔が熱くなってしまったマティルダが慌てて言うが、貴婦人たちはそんなマティルダの焦りを見て勘違いを増長させてしまったようで、ますます喜んでいる。

「あらまあ、もしかしてマティルダ様、照れてらっしゃるの？」

「大丈夫ですよ、新婚なのですからそういうものです」

「狩りの後は気持ちが昂ると夫も言っておりましたし、カーティス様もそうなのでは？」

ベテランならではのアドバイスやら励ましやらを受けて、マティルダは何も言えなくなった。

ここで「いえ、あの夫の顔は間違いなく怒っているときのものです」と食い下がっても照れだと思われるだけだし、マティルダの演技が下手で、「もしかしてこの夫婦、うまくいっていないのでは……？」と思われてはたまらない。

（これではだめだわ！）

カーティスの発言で崩れかけていた『愛と荊』の伯爵夫人の仮面をなんとか被り直し、マティルダは微笑んだ。

「そう言っていただけると、安心します。今宵の夫のおとないを、楽しみにしております」

「ええ、その意気ですよ！」

貴婦人たちからのエールを受けたマティルダはひとまずその場から退散し、他の女性たちをもてなすことにした。そうしていると、ひとりでおとなしく椅子に座り画用紙に何かを描いている幼児を見つけた。先ほどマティルダを「おくしゃま」と呼んだ、三歳くらいの女の子だ。

（……あら。お絵かきをしているのね）

「ごきげんよう。何を描かれているのですか？」

女の子と視線が合うようにしゃがんで尋ねると、彼女はマティルダを見て大きな目をぱちくりさせ、「おとうしゃまのえ！」と元気よく言った。彼女が見せてくれた画用紙にはなるほど、少し離れたところで狩猟ゲーム用の馬に乗ろうとしている男性の絵が描かれていた。

「まあ、お上手です！　お父様の格好いいところを描かれているのですね」

「おとうしゃま、だいすき。おくしゃまも、かかないの？」

「ええと……私は、あまり絵が得意ではなくて」

ぎくっとしつつ、マティルダは告白する。子どもの頃から朗読や演劇は好きだったが、絵を描くのはどうにも才能がなかった。正直、ここにいる女児よりもいい絵を描ける自信さえない。

謙遜でも何でもない事実を述べるマティルダだが、それを聞いた女の子は「あれ？」とかわいらしく首をかしげた。

「でもこのおいろ、おくしゃまのものだっておかあしゃまがいってた」

「え……？」

マティルダは女の子が握るペンを見て、気づいた。その青みがかった黒色には、見覚えがある。

（マティルダ・ブラック！　なんでここに⁉）

まさかここで自分の名前を冠したインクと邂逅《かいこう》するなんて思わなかったマティルダがひるんでいると、女の子の母親である貴婦人が寄ってきた。

「このインク、マティルダ様のためにカーティス様が作らせたそうですね？」

「え、そ、そうですが、なぜこのインクを……？」

「この子がお絵かきをしたいと我が儘を言ったところ、そちらの侍女の方が一瓶譲ってくださったのです。是非この色を広めてほしいと」

（何をしているのよカレンー！）

今ここにはいない侍女の顔を思い浮かべたマティルダがまたしても役者の仮面を取り落としそうになっていると、今日の出席者唯一の中年女性である貴婦人が「あら」と声を上げて近づいてきた。

「これが噂の、マティルダ・ブラック？　なんて美しい色なのでしょうか」

「漆黒だと若干味気ないのですが、この絶妙な青色が素敵ですよね」

「もし、何の話をなさっているの？」

「マティルダ・ブラックですよ！　あの噂の、クレイン辺境伯夫婦の結婚記念品の」

（そんな噂になっていたの……）

　まさかあのインクの名がよその貴族の奥様方の耳にも届いていたなんて知らなくて、マティルダは顔は熱いのに心臓のあたりは凍えるようになりながら、きゃっきゃとはしゃぐ夫人たちにもみくちゃにされてしまったのだった。


　結果として、狩猟ゲームはカーティスの勝利に終わった。

　彼は手加減なしだと事前に通達していたものの、やはりどうしてもほとんどの参加者たちは主催者に遠慮していたようだ。だがひとりだけ——後で分かったが、先ほど女の子に絵を描かれていた男性だった——は対抗意識を燃やし、カーティスとふたりで次々に獲物を仕留めていったという。

　重量を量った結果カーティスの方が若干重かったようだが、カーティスに勝ちを譲った男性も汗を流しながら「完敗だ！」と笑顔で言っていたし、カーティスも忖度なしで闘志を燃やしてくれる相手がいたことでとても嬉しそうだった。

　そうして男性たちが狩った獲物は皮を剥がれ血を抜かれ処理をされ、夕食の卓に登場した。

　今日は招待客たちも全員一泊するので西棟にある迎賓館での晩餐会となり、今日の狩猟ゲームでの出来事やらで話も盛り上がった。

なおマティルダだけは他の者たちとは皿が別で、「こちらが、旦那様が仕留めた雉《きじ》の肉でございます」と、特別仕様のソテーを提供された。まさか有言実行するとは思っていなくてマティルダは嬉しいやら恥ずかしいやらで顔を赤くしてしまったが、それを見た周りの者たちは「さすが、カーティス様」「奥様の食事でさえ、独占してしまいたいということかしら」と、囃《はや》したり盛り上がったりしていた。

これまでほとんど使うことのなかった迎賓館の客室に客たちを通したところで、マティルダたちも主屋に戻りようやくくつろぐことができた。

「今日はさすがに、疲れたわ……」

「私は部屋にいたのですが、奥様が大人気だったことは聞き及んでおりますよ」

バスルームで湯船に浸かりながらマティルダがため息をつくとカレンが笑ったため、彼女に髪を洗ってもらっているマティルダはむっとして振り返った。

「あなた、お絵かきをしたいと言ったお嬢さんにマティルダ・ブラックのインクを渡したそうね」

「はい、何色がいいかと問うと黒がいいと言われましたので」

カレンはしれっとして言い、むくれるマティルダの髪の泡を丁寧にゆすいだ。

「城内にはマティルダ・ブラックがたくさんありますので、来客にはどんどん譲ればいいと旦那様もおっしゃっています」

「それはそうだけど……」

髪に温かい湯をかけられながら、マティルダは浴槽の縁にかけた腕にあごを載せた。

辺境伯領で作られたインクが出回るというのは、よいことだ。既にカーティスはあの色の専売特許を取っているようで、よその者が偽物のマティルダ・ブラックを作って販売しようものならクレイン辺境伯家の名において罰することができる。インクが売れた金で領民の生活も潤うなら、辺境伯夫人として何も文句はない。

だが――

「……四年後、皆はどんな顔でマティルダ・ブラックのインクを使うの？　辺境伯と離縁した夫人の名前を冠したインクなんて、記念品どころか呪物《じゅぶつ》になるんじゃないの」

これまでずっと思っていたがなかなか吐き出せなかったものを、吐露《とろ》する。

するとカレンの動きが一瞬だけ止まり、そしてマティルダの長い黒髪をぎゅっと絞った。

「……奥様の髪は、本当にきれいですよね。男爵邸にいた頃から、蜂蜜入りの洗髪料を使っていたからかもしれません」

「ねえ、カレン……」

「お肌も本当にきれいで、よく通る声も美しいと噂になっております。いつも背筋を伸ばして立たれている姿は凛としていて、かと思ったら変装をして城を抜け出そうなんておっしゃったり、旦那様の前でうろたえたり」

「ちょっと――」

「そんな奥様のことが私は大好きですし……それはきっと、旦那様もなのではないでしょうか」

真面目な相談をしているつもりなのにはぐらかされたようで不機嫌になったマティルダだが、カレンの言葉に息を呑んだ。

カレンはマティルダの髪を大判のタオルで拭きながら、優しくゆっくりと言葉を紡ぐ。

「カレンは思うのですが。どのような契約でも、双方の合意があるのならば途中で内容を変更してもいいのではないでしょうか」

その言葉に思わずマティルダが勢いよく振り返ってしまったものだから、せっかくカレンが拭いた髪の先が湯船に浸かってしまった。

「そんな……！　契約は、途中で変えたら意味がないわ」

「契約は法律とは違います。契約とは、双方が納得のいく結果を生み出すために作る決まりごとです。ならば、最初に結んだ契約内容が双方にとって都合が悪いと感じられるようになった場合、相談の上でその内容を変更するというのが道理ではないですか？」

カレンは、マティルダの髪を湯船から救出してもう一度丁寧に拭きながら言う。

（確かにカレンの言うとおりだけれど、それが私たちの場合だったら……）

「……私と旦那様が両方とも、契約内容――四年後に離縁するということに不満を抱いていないと通用しないでしょう」

「十分あり得るでしょう。奥様は、四年後に旦那様と別れられますか？ 『契約だから』と、今まで積み上げてきたものを――そしてこれからさらに積み上げていくだろうものを、あっさりと捨てられますか？」

「そんなの」

できるわけがない。

マティルダは、カーティスのよさや魅力を知ってしまった。頑固で融通が利かなくて頭でっかちなところばかりが目立った結婚当初と違い、彼にもかわいげがあったり弱いところがあったり素敵なところがあったりすると、今では分かっている。

「それに、旦那様も旦那様ですよ。新婚旅行に行ったあたりから、明らかに奥様への態度が変わっているじゃないですか。あんなの、好きですって言っているようなものですよ」

呆れたようにカレンは言って、マティルダの髪をぐるっとまとめてタオルの中に押し込んだ。

頭部が重くなったので、浴槽に後頭部を預けたマティルダは横目でカレンを見た。

「私への、態度……」

「奥様も気づいてらっしゃいますよね？」

「……ええ」

もちろん、気づいている。

カーティスの紫色の目が、前よりも生き生きしていることに。彼が、前よりも距離を詰めてくることに。たわいもない話をして、豊かな表情を見せてくれるようになったことに。

そして――明らかな好意をしたためた瞳で、マティルダを見るようになったことに。

気づかないふりをしていた。気づいてはならない、と自分に言い聞かせていた。気づいてしまったら、別れが辛くなるだけだから――

（でも……別れなくてもいい？）

カレンが言うとおりなら。もしもマティルダとカーティスが両方とも離縁したくないと思うようになっているのなら、契約内容を変えればいいのだ。テッドに爵位を譲っても、離縁しない。辺境伯夫妻でなくなってもずっと一緒にいる、と。

「……私は、旦那様のことが好きなのかしら」

「疑問形なのですか？」

「旦那様のことは、いい人だと思っているわ。でもこれが、小説に出てきた『好き』という感情と同じだと断定していいのか、分からなくて」

恋愛に、教科書はない。だから若い令嬢たちは恋愛小説を読んで、大人がどのような恋愛をするのかを学ぶ。母や姉や友人などの年長者から、経験談を聞く。そういうものだ。

だがそれを聞いたカレンは、「もー」と肩をすくめた。

「奥様って昔から、頭が固いですよね。『好き』に答えなんてないのだから、もっとざっくり考えればいいのですよ」

カレンの言葉に、マティルダは目を閉ざした。

(「好き」に、答えなんてない……)

『イスカンデル物語』のアネットがもし現実にいるのなら、聞いてみたい。

あなたはどうやって、「好き」の気持ちを受け入れたの、と。


風呂から上がったマティルダはいつものようにリビングに向かったのだが、そこにカーティスの姿はなかった。

(あら？　毎晩ここで、反省会をするのに)

しばらく待っていたがそれでも来ないので廊下で見かけた執事に尋ねたところ、なぜか彼は哀れみのこもったような眼差しになった。

「……旦那様でしたら先ほど、早足で寝室に行かれました」

「もうお休みなの？」

「いいえ、奥様を待たせているから、とおっしゃっていましたが……」

「あっ」

思い出した。

(「ベッドでおとなしく待っているように」と言われていたのだったわ！)

なかなか衝撃的な発言だったがその後もいろいろありすぎて、すっかり忘れていた。まさか、と思いつつ急ぎ主寝室に向かったマティルダを待っていたのは、しょぼんとした夫の後ろ姿だった。

「マティルダ……来てくれたのか」

「申し訳ございません、旦那様。その、すっかり忘れており……」

「いや、いいんだ。思い出してくれただけで十分だ」

そう言いつつもカーティスは若干落ち込んでいるようなので、いたたまれなくなってくる。彼の名誉のためにも、もし執事に聞かなかったらそのまま自室のベッドで寝ていたかもしれないことは墓場まで持っていこうと決めた。

マティルダがカーティスの隣に座ると、彼はこちらを見てきた。

「まずは……今日の狩猟パーティー、お疲れ様。客人たちをよくもてなしてくれたようで、俺も鼻が高いよ」

「旦那様こそ、あんなに大量の獲物を仕留めてらっしゃったではないですか」

「はは。競う相手がいるといっそう燃えてくるからな。何しろ俺は、出発の前に勝利の女神からのキスをもらっていたのだから、負けるわけにはいかなかった」

あの見せかけのキスのことを蒸し返されたので、マティルダは湯上がり以外の理由で頬が熱くなるのを感じてそっぽを向いてしまう。小説の登場人物になりきっているときはどんなに

「らしくない」言動でもできるが、素の自分のときだとどうにも恥ずかしくなってくる。

「その……あのことで、旦那様を怒らせたのではないかと」

「怒る？　まさか。いたずら好きな奥さんがかわいいな、ちょっと焦らせてやろう、と思っただけだ」

カーティスがあっけらかんと言うので、マティルダはひとまず安心できた。あのとき彼が怒っていると思ったのだが、むしろそんな意地悪なことを考えられていたとは。

「それから、どうせ今日の夜に言おうと思っていたことがあったんだ」

そう言ってカーティスはサイドテーブルに置いていた封筒を手に取り、マティルダに差し出した。既に封の切られたその宛名にはカーティスの名前、裏の送り主のところにはマティルダの知らない男性の名前が書かれている。

「王都に住んでいる知り合いの医者に連絡をしていた。これは、その返事だ」

「医者？」

「ああ。ローズマリー・ターナーの治療の依頼だ」

何気なく中の便箋《びんせん》を取り出そうとしていたマティルダは、封筒を取り落としそうになった。

久しぶりに……本当に久しぶりに聞く、妹の名前。

目を見開くマティルダに、カーティスは照れたような笑いを返した。

「約束しただろう。おまえが妻として俺の期待以上の働きぶりを見せてくれるのならば、追加報酬をやると。おまえは、妹の病の治療をしてくれる優秀な医者を手配することを所望した。そしておまえは追加報酬を与えるにふさわしい……いや、それ以上の成果を出してくれた」

続いてカーティスはその医者が得意とする分野や、ローズマリーの病症などについて話すが……その内容はほとんど、マティルダの耳を素通りしてしまう。

そう、確かにカーティスは「約束」してくれた。だが、彼が約束を守ってくれるなんて……否、約束を覚えているとさえ思っていなかった。

それなのに彼はマティルダが何も言わずともその能力や働きぶりを見て、評価し、医者の手配をしてくれたのだ。

「……ということで、ローズマリー・ターナーの症状を考えるに、彼が適任だと思った。評判のいい医者だから、やっとのことで了承をもらえた。おまえの妹は王都にいるようだから、それほど手間賃はかからないと思うが――」

そこまで話していたカーティスだが、マティルダがだんまりなことに気づいたようで口を閉ざした。

「……マティルダ、聞いているか？　それとも、他の医者がよかったか？」

「旦那様……」

思わず涙声になったのがばればれだったようで、カーティスはぎょっとしたようにマティルダの肩を抱き寄せた。

「どうした⁉ もしかしてこの医者は、嫌だったか？ 分かった、ならば頭を下げてでも依頼を取り消し、他の者に――」

「違うのです。……ごめんなさい、旦那様」

医者からの手紙を握りつぶさないように膝の上に置いてから、マティルダは熱い目元をごしごしと拭《ぬぐ》った。

「私……約束のことなんて、すっかり忘れられていると思っておりました」

「え？ ああ、まあそんなものだろう。口約束のようなものだったしな」

「……私、旦那様のことを信じていなかったのです。それが、申し訳なくて……」

彼はきちんと約束を覚え、叶えてくれたのに。マティルダは約束のことさえ忘れていて……その気持ちの奥底では、「どうせカーティスだって覚えていないはず」と決め込んでいたのだ。

マティルダがそう言うと、カーティスはため息をついた。

「……おまえなぁ。もしそうだとしても、そんなこと言わなくていいのに。むしろ『あら、今更ですか？ 遅いです』と居丈高《いたけだか》に言ってもいいくらいだろう」

「……旦那様、私の演技下手くそです」

「うるさい。……とにかく、おまえが気に病む必要はない。結婚当初の俺は確かに態度が悪くて、おまえの信頼を得るに値しない男だった。約束を忘れるようなやつだと思われるのも、当然だ」

だが、とカーティスはマティルダの肩をそっとさすった。下心やいやらしさが一切ない、心からのいたわりが感じられる愛撫だ。

「……これで俺のことを、信じてくれるだろうか」

「もちろんです！　ありがとうございます、旦那様。本当に……」

ぱっと顔を上げたマティルダが礼を言うと、カーティスは満足そうにうなずいた。

「こちらこそ、ありがとうだ。……おまえがいなかったら、今日ああやって知人を招いてのパーティーを開くことなんてできなかった。今も解決の糸口の見えない税問題に悩まされドナルドに踊らされ――俺は今頃、心か体を病んで倒れていたんじゃないだろうか」

カーティスは冗談めかして言うが、彼の性格とあの頃の精神状態を考えると、そんなことはないです、と無責任なことは言えなくてマティルダは黙る。

「まあ、とにかく。医者の方も準備ができたそうだから、男爵邸に行ってもらう。念のために辺境伯家の使用人も同行させるから、そこで妹の状態を確認させよう」

「はい。……実は妹には何通か手紙を送っているのですが、返事が一度も来ないのが気になっておりまして」

以前カレンと話した「一度に百通送ろう計画」は実行していないものの、結婚してからローズマリーにはもう五通の手紙を送っている。それなのに、返事が来たことは一度もない。

マティルダの言葉に、カーティスは眉根を寄せた。

「……それは確かに心配だな。手紙についても聞くよう、使用人に言っておこう」

「……はい。ありがとうございます」

「案ずるな。妹は、もう十九歳だろう？　医者の見立てでは、この年まで生きているのならば完治の見込みはあるとのことだ。今の薬が合わないだけだとか、何かしらの解決策は見つかるだろう。妹はきっと、よくなる」

「……はい」

「そうなったら……そうだな。せっかくだし、三人で出かけたりしないか？　おまえはずっと、妹の車椅子を押していたんだろう？　自分の足で立って歩く喜びを教えられたらいいし、妹もおまえと肩を並べて歩けたら喜ぶだろう」

ローズマリーのことを何も知らないカーティスがそう言うが、不思議とマティルダはそれを不快だとは思わなかった。

ぼんやりしていて、マティルダの結婚が決まったときにもさして反応をせず、別れの際にもあっさりしていた妹。彼女が姉と一緒に歩きたがるのかは、マティルダにも分からない。

（でも……そうなったら、嬉しいわ）

ずっと遠くから見るだけだったたいろいろな場所に連れていってあげたいし……できるなら、あの家から連れ出してやりたい。

「……ありがとうございます、旦那様」

「どういたしまして、俺の奥さん」

カーティスの肩に体を預けて、言葉を交わす。

この時間が愛おしい、とマティルダははっきり思った。

※※※

カーティスが王都の士官学校にいた頃。友人のひとりに恋人ができたようで、そいつはずっと浮かれていた。

鍛錬中も授業中も浮かれているのでついに教官から叱られ、罰としてひとりで裏庭の掃除をしているところをからかいに行ったら、そこでも浮かれていてのろけられた。

『恋人っていうのは、そんなにいいものなのか』

当時十六歳のカーティスが真面目に問うと、箒をちっとも動かさずへらへら笑っていた友人はうなずいた。

『むちゃくちゃいいさ！　あの子のためなら何でもできる、あの子の笑顔のためなら何でもしてやりたい、って思えるんだぜ！』

『へぇ。もしその子が『私のためにこの国を滅ぼしてほしい』って言っても？』

『あー、悩むけど実行しちゃうかも』

『……本気か』

当時のカーティスには友人の気持ちがまったく理解できなかったし、士官学校を卒業して騎士団に入っても分からないままだった。

それからさらに年月が経ってカーティスが思いがけず辺境伯位を継ぐことになると、それまでとは比べものにならないほどの数の縁談が舞い込んできて正直げんなりした。

これが「恋」やら「好き」やらなら、ない方がいい。ただでさえ自分はテッドの成人後には引退すると決めているのだから、薄っぺらい恋愛やら実りのない結婚なんて、するべきではない。

(だが今なら、あいつの言うこともよく分かる)

マティルダのことを知り、彼女の才能に惚れ込み、その笑顔や横顔が愛おしいと思うようになった今は、友人の言葉の意味が分かった。マティルダのためなら何でもしたいし、彼女がほしいものなら何でもあげたい。そう思えるようになった。

……ということを、カーティスは狩猟パーティーの日の夕方に、招待客のひとりである若き子爵に話した。何を隠そう彼こそが、六年前に恋人ができた喜びのあまり浮かれて士官学校の裏庭の掃除を命じられた悪友である。

彼は結局初恋を叶え、あのときの恋人と結婚した。彼は学校卒業後すぐ結婚したためもう奥方との間には赤ん坊が生まれており、彼が溺愛する娘がマティルダ・ブラックのインクで描いた自分の絵を誇らしげに見せつけられた。

なお、狩猟ゲームのときに一切手加減せずにカーティスと鍔迫《つばぜ》り合いをしたのも、この男である。

「そうか。おまえもついに、愛ってものを知ったのか！」

カーティスの話を聞いた友人は、少年の頃と変わらない顔で笑った。

「しかしなんというか、感慨深いな。あのときつまんねーって顔で俺ののろけを聞いていたおまえが、あんなにきれいな奥さんをもらってでろでろに惚れ込むようになるなんてな」

「それはこちらの台詞だ。あのとき上官に命じられた掃除をサボって叱られた挙げ句、これ以上サボるなら恋人のところに話をしに行くって言われて泣いて縋った男が、父親になるなんてな」

「やめろやめろ、若い頃の黒歴史を晒すな！」

友人はカーティスの背中を叩き、夕日に染まる辺境伯領の大地を眺めた。

「……妻ができて実家の家督を継いで娘が生まれて、本当にいろいろあったよ。それで、たまに思っていたんだ。もしカーティスだったら、俺よりよっぽどうまく物事をこなせたんじゃないか、ってな」

「そんなことはない。俺の方こそ、おまえに憧れている節があったんだ」

「ええっ、そうなのか？」

「……そうだったのだと、最近気づけた」

(こういうふうに自分のことを冷静に見つめられるようになったのも、マティルダのおかげだな)

ふ、と小さく笑い、カーティスはきびすを返した。

「そろそろ戻ろうか。今日の晩餐は、俺たちふたりで半分近くを仕留めた獲物を使ったフルコースだ」

「おっ、いいねいいね！」

「ただし、マティルダが食べる分は俺が狩った獣だけにしろ、と言っている」

「出た、独占欲！ いいねいいね、そういうおまえが俺は、好きだよ！」

「よせ」

なぜか嬉しそうに肩に腕を回してくる友人を軽くいなし、彼と一緒に迎賓館への道のりを歩きながら、カーティスは考える。

(……最近はどうにも気恥ずかしくてマティルダとは別のベッドで寝ているが、今日は約束をしたのだから主寝室で待ってくれているはず。そのときに、男爵家の話をしなければな)

マティルダの妹を診る医者の手配については、実は新婚旅行から帰ってすぐに始めていた。

あの頃には既にマティルダの才覚に惚れ込んでいたし、今日の狩猟パーティーでも客人たちをもてなすマティルダを見ていて、「追加報酬」では足りないくらいの優秀さだと身にしみて感じた。

マティルダはきっと、喜んでくれるだろう。彼女の喜ぶ顔が見られるのなら、何度も頼み込んで高い謝礼金を払って医者を雇った甲斐があったというものだ。

（とはいえ。ターナー男爵家は、本当に大丈夫なのだろうか）

マティルダから話を聞くだけの、妻の実家。

なんとなく湧いてきた不穏な予感が当たらなければいいのだが。

# 6章　大切なものを守るために

「悪い知らせだ、マティルダ」

ある日の夜、カーティスが険しい顔でそう言った。

今日の夫は夕方に帰宅したときから、何やら考え込んでいる様子だった。うかつに声をかけるのが躊躇《ため》われたのでマティルダは様子を見ていたのだが、彼は夕食後に重い口を開いてくれた。

「以前、ターナー男爵邸に医者を手配すると言っただろう。そのことなのだが……どうやら門前払いされたようだ」

「……門前払い？」

「ああ。既に主治医がいるから部外者の診察は結構、と男爵からかなり高圧的に言われたらしく……ローズマリー・ターナーの様子を見ることもできなかったし医者も怒って帰ってしまったと、同行させていたうちの使用人から報告があった」

「そんな……！」

夫の表情が晴れない理由が分かって、マティルダは唖然としてしまった。

医者も、突撃訪問したわけではない。事前に男爵家の家令と連絡を取り合っていたのにその日になって男爵に門前払いされたのだから、怒っても仕方ないだろう。

「男爵家の主治医というのは、それほど優秀な者なのか？」

　カーティスに問われたため、マティルダは戸惑いつつも答える。

「医者のビルは……父の知り合いだったと聞いております。私も子どもの頃に風邪を引いたときは、ビルの世話になりました。そのときの治療方法や薬のおかげで快癒したので、少なくともヤブではないはずです。免許証も持っておりましたし」

「長い付き合いの医者がいて、その矜持を守るために新規の医者を追い払ったということだろうか」

「でも、複数の医者による診察は推奨されております」

　昔は一家にひとりの医者がお抱えになるのが当たり前だった。だが最近では患者やその家族のためにも、また主治医のためにも、診察内容に疑問がある場合は複数の医者に当たることが推奨されているし、その際の治療費を軽減するという措置も取られている。

（ましてや今回は、辺境伯家が医者の手配料を負担していた。それなのに断るということは……）

　それ以上考えると、頭が痛くなるだけでなく胃まで苦しくなってくる。ローズマリーを本当に治したいのであれば、ビルの矜持か何かがあろうとなかろうと、別の医者にも診せて意見を聞くべきなのに。

（ただ単に断るのではなくて、わざわざ医者を怒らせるような追い払い方をしたら、その噂はあっという間に広まる。そうなったらもう、男爵家に来てくれる医者はいなくなってしまう）

――それが、両親の狙いだとしたら？

両親に、ローズマリーを治す気がないのだとしたら？

最悪の想像ばかりが浮かんでくるが、それは向かいに座るカーティスも同じだったようだ。

眉間に深い縦皺を刻んだ彼は、ため息をついた。

「男爵家にローズマリーを置いておくのは、危険かもしれない。……おまえの肉親を悪くは言いたくないのだが、やつらが何を考えているのか分からない」

「いいえ、旦那様のお察しのとおりだと思います。……私としても、両親が私たち姉妹を商売道具として扱っていることを実感しておりましたし」

病弱な妹と、献身的な姉。なんてかわいそうなお嬢様なのかしら。なんて健気なお嬢様なのかしら。……実家の商売相手たちは皆、そう言っていた。

男爵家の売り上げが上がるとローズマリーの車椅子を新調できると、皆は知っていた。そうするとマティルダの負担が軽くなることも、知っていた。そういった皆の善意を、両親は利用していたのだ。

ドナルドのように、明らかな不正をしたわけではない。誰かに嘘をついたわけでも、金をだまし取ったわけでもない。蜂蜜の出来はマティルダの目から見ても申し分なかったし、客たちはその商品の品質に満足して、金を落とした。なんてことない、ごく普通の商売方法である。

（でも私は、あそこから逃げ出した。逃げ出すことが、できた）

偶然カーティスに見いだしてもらい、「妹の世話をする健気で献身的な長女」の役から降りることができた。ローズマリーは実家に残るが、両親はどう見てもマティルダよりローズマリーをかわいがっていたから、マティルダがいなくなったからといって粗末に扱われることはないだろう、と思って。

結婚する前に、ローズマリーの世話について両親や使用人たちに頼んでいた。ローズマリーの食べ物の好みや彼女の肌に合う化粧品、調子が悪いときに飲ませてやる紅茶の種類なども、全部書き起こして渡している。ローズマリーを悲しませないように、と釘を刺してから屋敷を後にした。

……だが、ローズマリーは本当に元気でいるのだろうか。

——生きて、いるのだろうか。

「っ……！」

ガタッ、と淑女らしからぬ派手な椅子の音を立ててマティルダが立ち上がっても、カーティスはそれを咎《とが》めたりせず、マティルダを落ち着かせるように静かに声をかけてきた。

「……マティルダ、気になることがあるなら言ってくれ」

「旦那様、私……。実家に、戻りたいです」

マティルダは、カーティスをまっすぐ見た。

知らなかった、ではもう済ませられない。最悪の可能性がわずかでも生じてしまった以上、王都から遠く離れたこの城でのんびりと過ごすことなんてできない。

世界でたったひとりの血を分けた妹の無事を、確認するまでは。

「なぜ両親が医者を追い出したのか、まで分かれば十分すぎるくらいです。まずは、あの子の……ローズマリーの無事を確認したい。あの子がご飯をきちんと食べられているのか、適切な薬を飲まされているのか、い、生きているのか……」

「マティルダ……」

「人づてでは、納得できません。私がこの目で、あの子の姿を見たい。ちゃんと私のことを『お姉様』と呼べるのか……確かめたいのです」

体が、熱い。頭の中はうまく回っていなくて、ただ思いついた言葉を口にしているだけ。

そんな、いつものマティルダらしくもない姿を見てもカーティスは落ち着いた眼差しをしており、そしてゆっくりとうなずいた。

「ああ、そうするべきだろう。俺も、義理の妹の無事を確かめたいと思っていた。里帰りは、ひとりでするか？　俺が一緒にいた方がいいのなら同行しよう」

「……旦那様も一緒に来てくださったら心強いですが……こういうのはいかがでしょうか」

マティルダが今考えついた「計画」を口にすると、それを聞いたカーティスは表情をほんの少し緩めた。

「……なるほど、おまえらしい。では、そのようにしよう」

「旦那様、ありがとうございます。しばらく城を離れることになりますが……」

「おまえはこれまで、辺境伯領のために働いてくれた。その追加報酬が医者の手配だけでは、足りないと思っていたところだ。だから、おまえの気が済むまでやってこい。使えるものなら何でも使い、必ず勝利を勝ち取れ」

　それに、とカーティスは一旦言葉を切り、それまで立ちっぱなしだったマティルダを座らせてから小さく笑った。

「おまえはもっと、俺を頼れ。おまえは強いし賢いし、役者になったときにはもう無敵としか言いようがなくなる。それでもおまえひとりにできることには限度があるし、限界まで動けば必ず反動が来る。……俺はおまえの夫だ。おまえがやってほしいと思うことは何でもしてやりたいし、おまえをひとりで戦わせたくない」

「旦那様……」

「ずっと前に、言っただろう。俺たちは戦友だ。共に、困難に立ち向かうんだ」

　夫の言葉に、ぱちり、とマティルダは目を瞬かせた。

　そう、それは確か……初めてカーティスと出会ったあの夜会で言われたのだった。相手に倒れられたら困るから、互いに背中を守り合うのだと。

大変な場面だからこそ、相手に頼りたい。この相手ならきっと、自分を助けてくれるはず。そういう信頼関係を、この数ヶ月の間で築けたはずだ。

「……おっしゃるとおりです。どうか、お力を貸してくださ い、旦那様」

マティルダがテーブル越しに手を差し出すと、カーティスはその手をちらっと見てから微笑み、しっかりと握ってくれた。

「もちろんだ、我が妻よ。おまえのためなら、俺は何でもしよう」

＊＊＊

あくる日の、ターナー男爵邸にて。

「……奥様、やはりまともに入るのは厳しそうです」

「まあ、そんなところでしょうね」

屋敷の前に停めた馬車で待っていたマティルダはカレンの報告を聞いて、さもありなんとばかりにうなずく。

ローズマリーの様子を見るため、マティルダは辺境伯領からはるばる王都の男爵邸までやってきていた。事前連絡は、していない。そんなものをすれば警戒されるだけだからだ。

だからマティルダはカレンに男爵夫妻の行動を探らせ、ふたりの外出中に屋敷に突撃することにした。そうしてカレンがマティルダのおとないを告げたのだが、応じた執事の返事は、「マティルダお嬢様といえど、旦那様のお許しがない方をお通しするわけにはいきません」だった。

（お父様たちが不在の間、なんとしてでも部外者の侵入を拒みたいのね）

やれやれと肩をすくめたマティルダは立ち上がり、馬車を降りた。

「では、強硬手段を取るしかないわね。……今日の私の設定は？」

「はい！　今日の奥様は、『悪女物語』のマージョリーです！」

「ご名答」

マティルダは振り返り、カレンにふふっと笑ってみせた。

いつもは落ち着いた色合いのドレスを着ており、カーティスからも清楚な衣装を贈られることの多いマティルダだが、今日はとっておきの「戦闘服」に袖を通していた。

赤と黒のコントラストが見事なドレスは、胸元が大きく開いている。黒いハットには深紅の薔薇の造花がふんだんに飾られており、ドレスの深いスリットから太ももがちらちらと見えている。

化粧もいつもとは雰囲気を変え、まつげを上向きにカールさせてアイシャドウとアイラインで目の周りを強調させる。おしろいもしっかり塗って、頬と唇の赤を際立たせた。

（今日の私は、マージョリー。強い信念を持ち己の信じた道を貫く、正義の悪女よ）

道中、『悪女物語』を何度も読み返し、その身にマージョリーの心を刻み込んだマティルダは表情さえいつもと違い、カレンを伴って歩く様も堂々としている。

屋敷の玄関に立ったマティルダはこほん、と咳払いをした。そして最後にもう一度『悪女物語』の表紙を眺めてから本をカレンに渡し、持っていた派手な杖の先でドアをノックした。

「お開けなさい。マティルダ・クレイン辺境伯夫人のお戻りよ」

高飛車な態度で命じると、カレンを追い払って間もないからかまだ玄関付近にいたらしい執事がうっすらとドアを開け――その隙間に杖の先をねじ込んだマティルダは、ぐいっと杖を押してドアを無理矢理こじ開けた。

「なっ……！」

「とんだ歓迎ぶりね、コーディ。それが辺境伯夫人の訪問に対する態度かしら？」

驚愕の表情で目を瞠る執事に向かって、マティルダは低い声で呼びかける。

コーディはずかずかと入ってきたマティルダに仰天し、目を白黒させる。そして押し入るも同然にやってきた女がこの家の元令嬢だと、遅れて気づいたようだ。

「ま、まさか、マティルダお嬢様……!?」

「クレイン辺境伯夫人とお呼び」

手の中で杖を弄びつつ、マティルダは玄関を見渡した。

廊下の先に、使用人たちの姿があった。男爵邸の使用人たちのほとんどはマティルダの指示にも従ってくれたのだが、このコーディのように一部の者は進んでマティルダを軽んじ、マティルダが何かお願いしても聞こえないふりをしていたものだ。

（……今見られるのは全員、「そっち」の者たちみたいね）

ならば、遠慮する必要はないだろう。

マティルダは真っ赤な紅が塗られた唇を歪めて笑い、手近なところにいたメイドを杖の先で示した。

「そこのおまえ。ローズマリーをお出しなさい」

「はっ……な、何を……？」

「おじょ――辺境伯夫人！　何の権限があって、そのような命令を……」

「あら、姉が妹に会いに来ることの何がおかしいのかしら？」

すかさず間に入ってきたコーディにマティルダは冷たい笑みを向け、杖の先でコーディのお仕着せの肩付近をとん、と叩いた。

「私は夫の許可を得て、『里帰り』をしているの。それが十分な『権限』になるのではなくて？」

「っ……しかし、旦那様が」

「あらあら、いつの間にターナー男爵はクレイン辺境伯家に逆らえるようになったのかしら？」

ほほほ、と笑いながらも、マティルダの心はぐらぐら揺れていた。

腐っても……いや本当に腐っている可能性があるが、それでもターナー男爵家はマティルダの実家で、男爵は父親だ。嫁ぎ先の身分を振りかざして実家をさげすむような発言をしても平気でいられるほど、マティルダの肝は太くない。

だが、やると決めたのだ。マティルダはやるべきことを終えるまで、悪女の仮面を被り続ける。

「それで？　誰がローズマリーをここに連れてきてくれるのかしら？」

メイドたちの方に視線をやって問うと、最初にマティルダに「そこのおまえ」と言われた者――確かかつて彼女はマティルダのことを、「気弱で、ひとりでは何もできないお嬢様」と馬鹿にしていたメイドだ――はびくっと肩を震わせた。

「ロ、ローズマリーお嬢様はお体の調子が優れず、お休みになっています」

「まあ、なんてかわいそうなローズマリー。この姉が看病しなければならないわね」

「いえ、その！　ローズマリーお嬢様のご病気に関しては、ビル様に一任しておりますので！」

「今日もこの後ビル様がいらっしゃいますので、奥様のご厚意は不要かと……」

別のメイドが弁解したが、マティルダにとって非常にありがたい情報だった。

（……なるほど、ビルはもうすぐここに来るのね）

それは、好都合だ。

マティルダは鼻を鳴らすと、ずかずか歩き始めた。すかさずコーディが「奥様！」と呼ぶが、マティルダに向けて伸ばされた手はカレンによって叩き落とされる。

「辺境伯夫人のお通りを、邪魔しないでください」

「おのれっ、カレン……！　たかがメイドごときが！」

「カレンは、私の侍女です。旦那様もお認めくださる働きぶりの侍女に対して、たかが男爵家の執事が何を言うのかしら？」

振り返ることなくマティルダは言い、カレンが執事たちの足止めをしている隙に一階奥にあるローズマリーの部屋へ向かう。その途中にもメイドたちの姿があり、彼女らはマティルダを見て「えっ、どなた⁉」と驚いていた。

そんな使用人たちには目もくれず、マティルダは妹の部屋に急ぎ――その前に置かれている車椅子が埃を被っているのに気づいて、目の前がくらりとした。

「ローズマリー！」

ドアを叩くが、鍵がかかっているようだ。この部屋は、内側から鍵をかける造りではないはず。夜間でもないのに、外から鍵をかけているのだ。

（……ふざけないで！）

マティルダは数歩下がってから走り出し、内開きのドアを思いっきり蹴り飛ばした。

最初の一撃ではガツン、と音がして鍵が揺れるだけだったが、何度も蹴るうちに鍵が曲がり、最終的にドアを蹴り開けることができた。

「ローズ……っぷ」

室内に入ったマティルダは、そこに充満するこもったような臭いにさっと顔に手を当てた。

埃っぽい室内に、よどんだ空気。不潔、というほどではないがとても清浄とはいえない室内は、病人を寝かしておく場所ではない。

「ローズマリー！」

「……お姉様？」

か弱い声が聞こえた。か弱いが、ちゃんと声が聞こえた。

「ローズマリー！　私よ！」

急いでマティルダは、寝室のドアを開けた。そこも放置されているのが丸わかりの惨状で、
皺だらけのシーツが敷かれたベッドに、妹が寝かされていた。

マティルダは持っていた杖を放り出し、ベッドに駆け寄った。ぐったりとするローズマリーのひんやりとした手を取るといやに骨張っており、ぎょっとしてしまう。

「ローズマリー！　なんて……なんてことに……！」

「……どうして、お姉様がここに？」

「あなたに会いに来たのよ」

急いでそう答える声は、震えている。

喉の奥がカリカリする。目の周りが熱くて、指先が痺れたかのように感覚が薄い。

マティルダが嫁いでから、ローズマリーはひとりになった。ひとりで……こんな場所に寝かされ、こんなに痩せ細っていたのだ。

「お姉様は、ローズマリーの病気を治すために来たの。私の旦那様が、有名なお医者様を手配してくださるの。だからきっと、よくなるわ……」

「……んで」

「えっ」

「……なんで、そんなことをするの？　そんなの……意味がないのに」

虚ろな灰色の目でマティルダを見上げるローズマリーはかすれた声で言ってから、咳込んだ。やけにかすかすとした、乾燥した咳だ。

「お姉様、とってもきれいだわ。……お嫁に行った先で、幸せになったのでしょう？　私のことなんて、忘れていたんじゃないの？」

「忘れないわ！　ねえ、ローズマリー。私、結婚してから何回かお手紙を書いたの。それ、ちゃんと受け取れている？」

マティルダが問うと、ローズマリーは悲しそうに目を潤ませた。

「……そんなの、知らない、もらっていない。お姉様、お手紙くださったの？　私のこと、忘れてなかったの？」

「もちろんよ！」

やはり、手紙は握りつぶされていた。せめて一通だけでも届けば、という願いを込めて送った手紙は妹の手に渡ることなく、全て処分されていたのだ。

「……あのね、ローズマリー。私は旦那様に約束してもらっていたの。私が奥さんとしてしっかり働いたなら、ローズマリーを助けてくださいって」

妹の手をしっかり握って舌がもつれそうになりながら言うと、ローズマリーの目が見開かれ、そして青白い頬の皮を引きつらせて笑った。

「……お姉様って、本当に優しいのね。ずっと……お馬鹿なお姉様だわ」

「ローズマリー……」

「お姉様、ありがとう。でも、全部無駄なの。……無駄だと、分かっているの」

ローズマリーはそう言い、目を閉じて話し始めた。

＊＊＊

ローズマリーがある「真実」に気づいたのは、一年ほど前のことだった。

ある夜中に喉の渇きを感じて、ローズマリーは目を覚ました。夜間なので、いつもそばにいて面倒を見てくれる姉はいない。

枕元にある、メイドを呼ぶためのベルを鳴らそうとして……やめた。今は、いつもより少し調子がいい。水を飲みにいくくらいなら、自分ひとりでもなんとかなりそうだと思われたからだ。

ローズマリーはふらつきながらもベッドから降り、よたよたと歩き始めた。部屋の隅にクローゼットの模様替えのために置かれていたポールを見つけ、ちょうどいいと思ってそれを杖代わりにした。

この頃は、部屋のドアに鍵がかけられていなかった。そのためドアを開けて人気のない廊下に出て、水場に向かう。ひとりで屋敷を歩くことも滅多にないので、なんだか少しだけ楽しかった。

目的地には難なく到着したので、水を一杯飲んで部屋に戻ろうとしたローズマリーだが、リビングの方にまだ明かりがついていることに気づいた。近づくと、父と母の話し声が聞こえた。

そうだ、両親に声をかけよう、とローズマリーは思った。自力で歩いているのを見てもらえたらきっと喜んでくれるだろう、と思って。

そうしてこっそりとリビングに近づき、会話の合間にドアをノックしようと聞き耳を立てていたローズマリーは――両親の話す内容を耳にして、凍りついた。

両親は、ローズマリーの薬についての話をしていた。「最近調子がよさそうだから、もう少し症状を悪化させるよう、ビルに言おう」「ひとりで歩けないくらいでないと、周りの同情を買えない」などと。

ローズマリーは、愕然とした。世界がぐるりと反転し、目の前が真っ暗になるかと思った。

ローズマリーの体調不良は、作られたものだったのだ。ローズマリーがひとりでは何もできない病弱な身で、姉のマティルダの助けを必要とする程度に弱っている状態を保持するため、両親はビルに薬の調節をさせていた。

自分たちは、両親に愛されているのだと思っていたのに。

これだけでもショックだったのにさらに両親は、「そろそろマティルダの処分を考えなければならない」なんて話し始めた。マティルダを「献身的な姉君」として売り出せるのは、彼女が若い間だけ。皆の同情を買えなくなるほど年を取る前に売り払おう、と考えていたのだ。

そうして父親が、どこかの金持ちの名前を提案した。世間知らずなローズマリーはその名前を知らなかったが、母親は笑って「あらやだ、あんなに太くて醜い五十路のところに？　かわいそうなマティルダね」などと言っていたので、だいたいの人となりは分かった。

両親は娘を幸せにしてくれる男性のもとに嫁がせるのではなくて、娘を一番いい値で買ってくれるのならば他の要素なんて問題ないと考えているのだ。

部屋に逃げ帰ったローズマリーは、絶望した。

ローズマリーもマティルダも、両親から愛されてなんかいない。どちらも、金を稼ぐための客引き道具にしか思われていない。

『大丈夫よ、ローズマリー。お姉様がそばにいるわ』

そう言って寄り添ってくれた、マティルダ。

あんなにきれいで優しくて頭がいいのに、ローズマリーのせいで外に出られない、素敵な男性に見初められる機会もない、マティルダ。

「……私が、お姉様を幸せにする」

ベッドに横たわったローズマリーは、真っ暗な天井に向かってそうつぶやいた。

ローズマリーは、姉から十分愛された。そして……自分は姉よりも両親から愛されているという傲《おご》りもあった。同時に、ローズマリーは自分と姉なら自分の方が、この屋敷に残っていてもひどい目に遭わされる可能性は低いだろうという予想もできていた。

「……お姉様」

見せかけの愛ではない、本当の愛でローズマリーを労《いたわ》ってくれた姉に、報いたかった。


ローズマリーは、外出のおねだりをするようになった。ローズマリーが出かけるには車椅子が必要で、車椅子の操縦はほぼ間違いなくマティルダに任される。

マティルダをあちこちに連れ回せば、誰か素敵な人に見初めてもらえるかもしれない。

姉の美しさに気づいて惚れ込む人でもいい。卓越した朗読や芝居の才能に気づいて興味を持ってくれる人でもいい。「献身的な姉君」の姿を見て、同情してくれる人でもいい。

マティルダの素顔を見て心惹かれる男性が、きっといるはず。その人に姉を見つけてもらって、男爵邸から引き取ってもらえたらいいと考えた。

そうして——姉はついに、クレイン辺境伯から求婚を受けた。そのことを聞かされたとき、ローズマリーはクレイン辺境伯が七十越えの老人だったらどうしようと思ったのだが、話を聞けば二十歳そこそこの青年だという。

大当たりだ、と思った。当時の姉は二十四歳で、辺境伯より年上。貴族の男が年下の妻を虐げるというのはたまにあると噂で聞いていたが、逆ならそういう心配もあまりないはずだ。

大興奮で姉を祝福しそうになったが、ここで甘えた仕草をすればマティルダが結婚を思いとどまるかもしれない。だからあえて素っ気なく接し、姉の結婚なんて興味がないというふりを貫いた。


マティルダがいなくなってから、男爵家の経営は傾いてきた。それはきっと、姉が実家の経営を裏で支えていたからだろう、とローズマリーは考えている。姉の代わりに新しく雇った帳簿担当がまるで役に立たないと、父が怒っていたのだ。

しかも姉が嫁いだことで、「なんだ、姉君は幸せになったのね」と思ったらしい人の中には、契約を解除する者もいた。それはごく少数ではあるが、金にがめつい両親からすると大打撃だった。

だから両親は、残ったローズマリーをより弱らせることにした。マティルダの抜けた穴を、ローズマリーで補うために。食事は減らされ、ビルに処方される薬はいっそうまずく、苦く吐き気のするものばかりになった。

姉は嫁ぐ前にローズマリーの世話についてメイドたちに命じたようだが、彼女らは男爵夫妻を恐れていたため、まともに面倒を見てくれなかった。ローズマリーを弱らせなければ、彼女らが罰せられるのだから。

それでも、ローズマリーの胸には満足感があった。自分は、こんな腐った場所から姉を逃がすことができたのだ、という達成感が。

それは、二十年近く生きてきて初めてローズマリーが成し遂げた、誇らしい偉業だったのだ。

＊＊＊

「……ねえ、お姉様。結婚のお祝い……できなくて、ごめんなさい」

か弱く言うローズマリーの目尻から、すうっと涙が零《こぼ》れる。

「本当は、おめでとうって言いたかったの。お祝いのプレゼントも、渡したくて……」

「ローズマリー、いいの、もう分かったから、無理にしゃべらないで！」

ローズマリーの話を聞いて、マティルダにもことの次第が分かった。痛いほど、分かった。

それなのにローズマリーは健気に微笑むと体を起こし、ベッド脇の小さな引き出しを開けて中にあったものを取り出した。

「これ、お姉様がいなくなってから作っていたの。もし私が死んでも、うまくいったらお姉様のところに送ってもらえるかもしれないから……」

「縁起でもないことを言わないで！」

叫ぶマティルダだが、ローズマリーは姉の手に何かを握らせた。それは……しわくちゃになったハンカチだった。ハンカチ自体は市販のものだが、隅にぐちゃぐちゃとした糸の固まりがある。

「刺繍、お姉様みたいに上手にできなかった。汚くなっちゃったけど……」

「っ……そんなことないわ！　ありがとう、ローズマリー。とっても素敵な刺繍だわ……」

マティルダは妹の手を握り、刺繍を見た。何の形を模したのか全然分からないほどの出来だが、糸はしっかり布に縫いつけられている。ローズマリーが震える手で一針一針丁寧に、糸がほどけないように刺したという証しだ。

（こんなにぼろぼろになって、痩せ細っているのに。ローズマリーはずっと、私のことを……）

ハンカチを握りしめて、マティルダは吐きそうな気持ちを堪えていた。

――ずっと、妹をうらやんでいた。

病弱で愛らしくて、皆からちやほやされる妹。姉である自分よりきれいな服を着て皆に話しかけられ、笑顔だけで人々を魅了できる妹。我が儘を言っても何でも叶えてもらえる妹のことが、うらやましかった。そして妹はきっと、姉を使用人扱いすることについて特になんとも思っていないのだろう、と考えていた。

だが、違った。

ローズマリーはずっと、マティルダのことを慕ってくれていた。真実を知ってからは、この家から逃がそうとしてくれた。嫁いでからも、小さな手で針を握り結婚祝いの品を作ってくれていた。

嫁ぎ先でのうのうと暮らしていた、マティルダのために。

怒りと悲しみと自責で潰れそうになっている姉を見て、ローズマリーは微笑んだ。

「来てくれて嬉しかった。……お姉様、気をつけて帰ってね。今すぐ帰ればお父様たちに追いかけられることはないわ」

「……それは、できないわ」

震える指先でハンカチを丁寧に折りたたみ、ドレスの胸元に入れたマティルダは立ち上がった。

マティルダも、全てを知った。知ってしまったからには、ただで帰るわけにはいかない。

（絶対に、ローズマリーをここから連れ出す……！）

マティルダが男爵邸に突撃してしばらくして、屋敷に白衣姿の男性がやってきた。

大きな鞄を手にした彼――男爵家主治医のビルは玄関のドアを開き、目の前で待ち構えていた派手な装いの女に気づいて目を丸くした。

「だ……誰だ!?」

「誰だ、とは過ぎた口を利くものね。久しぶり、ビル。私のことは覚えているわよね？」

マティルダがこみ上げる怒りを抑えて挑戦的に微笑むと、彼女の姿を上から下までじっくり見た後にビルは「なっ」と声を上げた。

「まさか、マティルダお嬢様……？」

「不正解。マティルダ・クレイン辺境伯夫人とお呼び」

「……さようですね。お久しぶりでございます、辺境伯夫人。私はローズマリー様の診察に……」

「鞄を開けて、薬をお出しなさい」

持っていた杖の先で大きな鞄を示すと、ビルはかばうようにさっと腕で隠した。

「な、何をおっしゃるか！　医療従事者でもない者に鞄に触れさせるわけにはいきません！」

「おまえに選択肢を与えた覚えはないわ。ここで、鞄を開けろと命じたの」

悪女マージョリーらしい居丈高な口調で、マティルダは命じる。

（……旦那様が紹介したお医者様をお父様が追い払ったことを、ビルも聞いているはず）

ローズマリーの話を聞いた後だから、分かる。父もビルも、ローズマリーを薬で弱らせていることに気づかれてはならないので、医者の訪問を聞き入れた上で帰らせたのだ。急なキャンセルで彼を怒らせて、ローズマリーに近づく医者を今後一切排除するために。

なおもビルは渋っていたため、マティルダは苛立つ気持ちを抑えながら横を見た。

「残念ね。命令に従えないのなら……ねぇ、カレン？」

「そうですね。旦那様にご報告するしかありませんね」

先ほどひとりで執事やメイドたちをいなしていたカレンは、けろっとして答えた。

カレンの言う「旦那様」とは当然、カーティスのことだ。辺境伯家の当主の名は医者とはいえど平民のビルにはこたえるようで、彼はびくっと震えてからその場に座り込み、おどおどしながら鞄を開けた。

中には診察道具やカルテの他、色とりどりの薬が入った瓶が収められている。

「これが、今日処方する予定の薬ね」

「は、はい。近頃ローズマリー様の体調が優れぬとのことで、特別な調合を——」

ビルは言葉の途中で息を吞んだ。それは、マティルダが杖の先を彼の喉元に当てたからだ。

『悪女物語』でもマージョリーが不遜な態度を取る使用人に対して、このようにしていたのだ。マージョリーを真似て、持っていた傘でこっそりこのポーズの練習をしたこともあった。

「薄っぺらな御託は結構。……おまえの処方した薬のせいでローズマリーが弱っているのでしょう？」

「な、なぜそれを――」

「薬を……いえ、そのカルテも寄越しなさい」

　マティルダは、冷たく命じる。

　ビルは薬でローズマリーの症状を調節していたそうだから、この中には解毒剤もあるはず。もしなかったとしても、毒薬本体を持っていけば専門家は解毒剤を作れる。

（ビルは昔から、几帳面な男だったわ。ローズマリーの体調についても、細かく書き留めていた）

　ローズマリーの診察に付き添っていたときに見ていたから、マティルダはあのカルテに大量の情報が詰まっていることを知っている。カルテもあれば、ローズマリーの回復方法を発見してくれる可能性が高くなる。

　トン、トン、と杖の先でビルの喉に触れながら脅すと、ビルは苦虫をかみつぶしたような顔になって鞄を前に差し出した。すぐにカレンが進み出て鞄を回収し、一足先に屋敷を飛び出す。

（これで、薬は確保できた。後は……ローズマリー本人を連れ出さないと）

　ある意味これが一番難しい。以前よりさらに弱っているローズマリーは、今では自力で起き上がれないほどになっている。

　マティルダが介助すれば外に出られるだろうが、そのときのマティルダは無防備になる。使用人たちが決死の覚悟で襲ってきたら、勝てる見込みがない。

（でも少なくとも威圧できている今の間に、できることをしないと……！）

焦りと怒りと不安でずれ落ちそうになるマージョリーの仮面を押さえながら、マティルダはあたりを見る。

「車椅子をお出し。ローズマリーを連れていくわ」

「お嬢様！　さすがにそれは――」

「たかが男爵家の使用人が、辺境伯夫人に逆らうつもりか！」

逆らったコーディに向かってマティルダが吠えると、ビルやメイドたちもびくっとした。

「よくもまあ、ローズマリーの状況を知りながらも見て見ぬふりができるものだ！　おまえたちなぞ、旦那様の前では疾風の前の塵芥《じんかい》も同然であろう！　それでも私に逆らおうというのならば……よろしい。おまえたちひとりひとりを旦那様の前に連行し、私に逆らったことを後悔するような処罰を命じていただこうではないか！」

夫の権力を振りかざすなんて恥ずかしいばかりだが、今は我が儘を言っている場合ではない。カーティスも、「使えるものは何でも使え」と言っていたのだ。

悪女マージョリーもびっくりなほどの脅しを受けたからか、弱気なメイドたちがふらふらしながら屋敷の奥に向かう。コーディが「おまえたち！」と怒るが、男爵家の執事と辺境伯家当主の怒り、どちらが怖いかは誰でも分かっているようだ。

（もうカレンたちはここから離れているだろうから、すぐにこっちも――）

「マティルダ！」

——雷鳴のごとく響く怒声に、一瞬マティルダの視界がぐらりと揺れた。音を立てて、マージョリーの仮面が砕けてしまう。

この声は。二十年以上マティルダを押さえつけていた、この男の声は——

「お、お父様……」

「貴様、そのようなふしだらな姿になってよくもまあ、のうのうと帰ってこられたものだ！」

使用人の告げ口を受けて急いで帰ってきたのだろうか、父親と母親が玄関前に立っていた。

——どくん、どくん、と心臓が恐怖を訴える。

嫁いでからは忘れていられたのに、マティルダの体は両親による叱責をきちんと覚えていた。恐怖に対する反応、という形で。

「旦那様！　マティルダお嬢様がクレイン辺境伯家の名を盾に、ローズマリー様の薬を強奪して……！」

助けが来たと気づいたらしいビルが立ち上がって男爵に縋るが、彼はビルを冷たい眼差しで見下ろした。

「……それでおまえは命惜しさに、ローズマリーの薬を渡したと？」

「あなた、まさか、先ほど出ていった馬車が……」

マティルダの母である男爵夫人も何かに気づいた様子でつぶやき、マティルダをにらんできた。

「この……ろくでなし！　おまえは、ローズマリーを殺すつもりなの⁉」

「いえ、奥様。マティルダお嬢様は既に、例のことを知っているようで……」

「……何ですって？」

ビルの言葉に男爵夫人が呆然と言った直後、男爵が脚を振り上げて自分に縋っていたビルを蹴り飛ばした。

「ぐっ……」

「この……馬鹿者が！　貴様の命をかけてでも薬を死守しろと言ったのを、忘れたのか⁉　おまえたち、すぐさま先ほど逃げた馬車を追え！　辺境伯だかなんだか知らんが、逃がすな！」

男爵に命じられて、おどおどしていた使用人たちが慌てて散っていく。

そして男爵はうずくまるビルには一瞥もくれず、マティルダに詰め寄ってきた。全身から怒りをみなぎらせる父の姿に、ひゅうっ、とマティルダの喉が鳴る。

怖い、と本能が叫んでいる。生まれてからずっとマティルダを支配してきた父親を前にすると、強気な仮面を被ることもできなくなる。

（……でも、ここで逃げるわけにはいかない！）

まだ、ローズマリーを救い出せていない。マティルダのことを愛してくれた妹のためなら――

　ふ、とマティルダは唇の端に笑みを浮かべ、杖の先で床を突いた。

「……残念ながら、それは難しいわ。カレンには、薬を手に入れたら私を置いてでも脱出するよう命じている。もう追いかけるのは不可能だと思うけれど？」

「……マティルダ、貴様！」

　男爵が迫ってきたため、必死に取り繕った仮面がまた剥がれてしまう。男爵夫人が「マティルダを捕まえなさい！」と甲高い声で叫んだため、コーディがマティルダの腕を掴み杖をもぎ取った。

「っ……離しなさい、コーディ！　この無礼者！」

「娘の分際で、私たちに逆らうつもりか！」

　武器を失ったマティルダのドレスの肩付近を掴んだ男爵が怒鳴ったため、マティルダはもう仮面も何もぼろぼろの状態になりながらも、父親を果敢ににらみ返した。

「それはっ……あなたも同じよ！　私はもう、男爵令嬢ではないわ！」

「どこに嫁ごうと、娘は一生親の所有物だ！」

　男爵が叫んだ瞬間、マティルダの体が動いた。

　パン、と弾けるような音を立てて、マティルダの右手が男爵の頬に決まる。

　まさか娘に殴られると思っていなかったらしい男爵は呆然とした後に、頬だけでなく顔を真っ赤にしてマティルダを床に押し倒した。

「このっ……！　死にたいのか、マティルダ！」

「何がっ……所有物よ！」

床に頭をぶつけながらも、マティルダは自分を掴み、引き倒す父親に負けじと叫ぶ。

――娘は一生親の所有物。だからこの夫婦は、マティルダとローズマリーを商売道具にすることを厭《いと》わないのだ。

金儲けのためなら、長女を売ってもいい。次女を薬漬けにしてもいい。言うことを聞かないのなら……暴力で押さえ込めばいいと。

「私もローズマリーも、ものじゃない！　私にもローズマリーにも、生きる権利、幸せになる権利がある！　親だからといってそれを踏みにじってもいいわけじゃ――っ」

「この親不孝者！」

右脚に激痛が走ったと思ったら、母親がヒールのかかとでマティルダの脚を踏みつけていた。使用人たちを威圧するという点では効果的だったこのドレスは防御力を犠牲にしているので、小柄な母に踏まれただけでも皮膚が裂けそうなほどの痛みが走った。

「育ててやったというのに、恩を仇で返すなんて……！　だから、若造領主のところに嫁がせるなんて反対だったのよ！」

「……旦那様から払われたお金で、豪遊したくせに……！」

なおもマティルダが減らず口を叩いたからか、男爵夫人も顔をかっと赤くした。「大切な娘をもらい受けるから」と、結婚時にカーティスが男爵家に送ってくれた金は即日、両親の贅沢にあてられて消えてしまったのだ。普段はケチなのに、「マティルダの結婚祝いなのだから」などと言って。

「このっ……！」

男爵夫人がマティルダの脚をひときわ強く踏みつけた――そのとき、にわかに廊下の奥が騒がしくなった。

「何だ……？」

「だ、旦那様。先ほど辺境伯夫人の命令で、ローズマリー様のもとに使用人が……」

それまでふぬけていたコーディがはっとした様子で言ったため、男爵はチッと舌打ちしてマティルダを掴む手を離した。

「ローズマリーを部屋から出すな！　おい、聞こえて――」

いるのか、と最後まで言うことはできなかった。

廊下の先からやってくる人物。それは男爵家が雇っているメイドではなくて、背の高い青年――カーティスだったからだ。

「マティルダがお願いするから裏口から入り、先に妹の方を助けたのだが……」

彼は玄関前の有様を見てすっと眉根を寄せると、腰から下げていた剣を抜いた。

「そこの、女。おまえが汚い足で踏みつけているのは、俺の妻だ。今すぐどけろ」

「な、に……」

「どけろというのが聞こえないのか！」

カーティスが一喝すると、男爵夫人は「ひっ！」と叫んで、まるで汚いものから離れるかのような勢いでマティルダから距離を取った。

続いてカーティスは「そこの、医者」とビルに顔を向ける。

「おまえは医者だろう。ならばなぜ、負傷している婦人を見て見ぬふりをする？」

「えっ？」

ビルはこちらにやってくる男が誰か分からないようできょとんとしていたが、しばらくして先ほどの「俺の妻」の言葉が届いたようでさっと顔を青くした。

「ま、まさか、あなたは……」

「先日は、俺が紹介した医者を追い払ってくれたようだな。彼は王都でも屈指の名医だが……おまえは彼の手を必要としないほどの、優秀な医者なのではないか？　それとも、俺の妻の怪我など診る価値もないと？」

カーティスが冷たく問うと、ビルはうっとうめいた。彼が手配した医者を男爵が追い払ったというのはビルも知っていて、彼にも負い目がある。辺境伯を前にして、言い訳が出てこないようだ。

カーティスはその場にいる面々を一瞥してから、マティルダに視線を向けた。剣を鞘に納めると小走りにやってきて、床に倒れ込んでいたマティルダをそっと起こす。

「マティルダ、よく頑張った」

「旦那様こそ……ありがとうございます」

「他でもないおまえの頼みなのだから、当然だ。……だが、怪我をさせてしまった」

スリットから覗く脚や父親に引っ張られたせいで形の崩れたドレスなどをいたわしげに見られたので、マティルダは小さく笑った。

「これくらい、どうってことありません。……ローズマリーは？」

「あそこだ」

カーティスが廊下の奥を見ると、ローズマリーが座った車椅子がメイドに押されてやってきた。ローズマリーはゆっくりとこちらを見ると、カーティスに抱き起こされたマティルダに視線を止めて苦く笑った。

「お姉様……」

「ローズマリー、もう大丈夫よ。一緒に辺境伯領に行きましょう！」

「何を……！　そのような勝手なこと、させるはずがなかろう！」

この期に及んで男爵は吠えるが、マティルダを起こして妹の方に行かせたカーティスは妻を守るように立ち、剣の柄を握りながら男爵を見据えた。

「勝手なこと？　親の虐待を受けていた義理の妹を引き取ることに、何か問題でも？　……ああ、そういえばおまえたちは、娘ふたりを金儲けの道具にしていたそうだな。自分たちが稼げなくなるから、そこまで必死になって止めるのか？」

「貴様……！」

「待ってください、あなた！　相手は辺境伯よ！」

激昂する男爵より幾分冷静だったらしい男爵夫人が、真っ青な顔で呼びかける。夫婦のどちらも金に目がないが、夫より妻の方が世間の目を気にする質《たち》だった。

「もうやめましょう！　さすがに辺境伯は……」

「くっ……」

「よい判断だな、男爵夫人。……だが、だからといって穏便に済ませるつもりはない」

車椅子に座るローズマリーと妹に寄り添うマティルダをちらっと見てから、カーティスは朗々とした声で告げる。

「おまえたちがふたりの娘に対して行ってきたことは、裁判にかけるに値する虐待行為である。よって、国の調査官たちをこの屋敷に派遣して捜査を行わせる予定だ」

「……は？」

「調査官……だと⁉」

呆然とする夫婦に、カーティスは冷たく笑ってみせた。

「俺が、手ぶらで妻の実家にきたとでも思っていたのか？　妻が帰りの馬車を先に逃がしてしまい、帰宅手段をなくしているとでも思ったのか？　……全て妻と一緒に計画していたとおりだ。既に調査官の派遣依頼は済ませている」

カーティスは薄い笑みを浮かべて、震える男爵夫妻を睥睨《へいげい》した。

「ターナー男爵家印の蜂蜜が人気でよかったな。皆おまえたちのことを信用しており、もし不安要素があるのなら一日でも早く解決してうまい蜂蜜を今後も作り出してほしい、と積極的に調査に来てくれるそうだ。はて、マティルダ。その日は……いつだったか？」

「今日の午後です」

「そうか、ではもうすぐ来る頃だな。……先ほどローズマリー・ターナーの部屋を見たが、ひどい有様だった。あの虐待の証しがありありと残る部屋を数時間程度できれいにすることは、できないだろうな」

カーティスがわざとらしく含み笑いで言って初めて、男爵夫妻はずっと前から自分たちが嵌められていたのだと気づいたようだ。

マティルダは何も、カレンと馬車一台だけをお供にふらふらと実家に乗り込んだわけではない。

辺境伯城を出る前には調査官の派遣依頼は済ませていたし、カーティスも一緒に来ていた。ビルの往診の日だけは読めなかったため薬とカルテの回収は後日になるかと思っていたので、ちょうど来てくれたのは運がよかった。

「俺たちを甘く見ないでほしい。……では、もう言うことはないな？」

カーティスが薄く笑って男爵夫妻に言うと、男爵は顔を青くして立ち尽くし、男爵夫人の方はわなわな震えた後に駆け出して、車椅子を押して外に出ようとしたマティルダの手を握った。

「マティルダ、いい子だからお母様たちを助けてちょうだい！」

「お母様……」

「ね、おまえも本当は分かっているでしょう？　私たちは、おまえたちを愛していたの。おまえたちにきれいなドレスやたくさんのご飯をあげるために、頑張っていたの。ねっ？　分かってくれるでしょう？」

男爵夫人が目を見開きながら、震える手でマティルダの手を握っている。マティルダはそんな母をにっこりと見つめて――ぺしっ、と手を払いのけた。

「私は、愛する娘に毒薬を飲ませる親を、初めて見ました」

「……私も。愛する娘をお金と引き換えに五十歳のおじさんに嫁がせようとする親を、初めて見たわ」

マティルダに続き、ローズマリーも言う。

ふたり分の眼差しが、男爵夫妻を見る。もうそこに、「献身的なかわいそうな姉君」と、「病弱でかわいそうな妹君」の面影はない。

「さようなら、お父様、お母様。……私はもし子どもができても、子どもの脚を踏みにじらない母親になります」

「さようなら。私も……お姉様に子どもができたら、おいしいものをたくさん食べさせてあげる叔母様になるわ」

姉妹はそっくりな笑みで笑うと、進み出した。

妻と義妹をエスコートしていたカーティスは振り返り、男爵家の面々を見て微笑んだ。

「では、ごきげんよう。次に会うのは、法廷だろうか。積もる話は、そこで聞こう」

もはやカーティスに何も言えないのか男爵夫妻がうなだれる中、三人は日の差す場所へと出ていったのだった。

# 終章　二度目のプロポーズ

マティルダとカーティスによって男爵邸から救出されたローズマリーは、すぐさま王都の医者――以前男爵によって門前払いされてしまった者のもとに連れていかれた。

彼は一度約束を反故《ほご》にされたことを怒っていたが、衰弱したローズマリーを見るとだいたいの事情を察してくれたようだ。そしてカレンがいち早く届けていた薬とカルテから毒薬の成分を割り出し、解毒剤と健康促進剤を作ってくれた。

ローズマリーの症状について、医者が「静かで空気のいい場所で過ごすのがいいだろう」と言ったため、マティルダたちは数日王都に滞在した後に辺境伯領に向かうことになった。馬車での長旅になるが正しい薬を処方されたローズマリーはぐっと元気になったし、マティルダが嫁いでからずっと部屋に閉じ込められていたこともあり、旅ができるのがとても嬉しそうだった。

なお男爵邸を離れる際、申し訳なさそうな顔のメイドが紐でまとめられた紙束を差し出してきた。それらは、マティルダがローズマリーに宛てて送った手紙だった。残念ながら五通のうち三通は処分されてしまったが、この二通だけはこのメイドがこっそり回収していたそうだ。

男爵夫妻が怖くて逆らえなかった彼女が怯えながらも隠し持ってくれていた手紙はようやく、

ローズマリーの手元に届いた。ローズマリーはメイドに礼を言い、手紙をぎゅっと胸に抱きしめていた。

王都に別れを告げた三人はローズマリーに馬車一台をゆったりと使ってもらい、辺境伯領に向かった。王都から出たことのないローズマリーは草ぼうぼうの大地も無骨な辺境伯城も未知のものばかりで、見るもの全てに興奮していた。

そんな彼女にはしばらく辺境伯城で過ごした後に、療養のために田舎で暮らしてもらうことになった。それは、テッドがいるあの屋敷だ。

テッドに相談したところ、彼も大賛成してくれた。元々彼はマティルダのことを気に入っていたし、そんなマティルダの妹なら喜んで引き取ると言ってくれたそうだ。

最初は知らない場所に行くということでローズマリーは不安そうだったが、そこにはカーティスの従弟がいること、自然豊かで過ごしやすい場所であることなどを教えると、わりとすぐに乗り気になってくれた。

「それに、いつまでもここにいるとお姉様たちの邪魔になるものね」

そう言って、ローズマリーはふふっと笑った。

今日は秋の日差しが温かいので、庭にテーブルを出してそこでお茶をしながら話をしていた。

処方された薬が合っているようでローズマリーは日に日に元気になり、今では車椅子を使わずとも自力で歩けるようになった。

　こんな話をしながらもローズマリーはマティルダの隣の長椅子に座り姉にべったりだったので、ひとり寂しく向かいに座っていたカーティスは苦笑した。

「……自覚があるのならば、俺も助かる。そろそろ妻を返してもらいたいと思っていた」

「はいはい、おのろけは後にしてくださいませ、お義兄様」

　ローズマリーは楽しそうに笑ってから、ビスケットを自分の口に運んだ。

　薬で無理矢理病弱にさせられていた頃のローズマリーは、ぼんやりしていたり何を考えているのか分からなかったりした。だが両親の圧力下から離れ姉夫婦のもとで暮らしている間に、彼女はぐっと明るくなった……だけでなく、おしゃべりで生意気にもなった。

　おかげで、最初のうちはローズマリーのことを気遣っていたカーティスも、今では妻を独占する義妹に呆れたり嫉妬したりふてくされたりと、子どもっぽいところを見せていた。マティルダもマティルダで、何だかんだ言いつつローズマリーを甘やかしている自覚があるのだが。

　とはいえローズマリーの行き先も決まったので、こうして姉妹で過ごせるのもあとわずかだ。そうと分かっているから、カーティスも妻の隣に義妹が座ることを渋々容認しているのだろう。

「……それにしても。男爵夫妻の処分について、ふたりとも異議はないんだな」

　カーティスに問われたので、マティルダとローズマリーはそろってうなずいた。

「両親は、罰を受けるだけのことをしました。擁護の必要はないでしょう」

「私も同じよ。……でも、お姉様のご負担が大きくなってしまったことだけは心苦しいの」

長いまつげを伏せてローズマリーが言うのは、男爵家の家督《かとく》についてのことだ。

カーティスが派遣した調査官たちにより、男爵夫妻の娘たちへの虐待が明らかになった。とはいえ、商売の点では潔癖だったので彼らの罪は「それだけ」なのだが、「それ」は商売人にとって大きな汚点となった。

男爵夫妻は懲役刑の後、身分財産没収の上で追放処分とすることが決まった。その処分について異を唱える者はいなかったが、かといってターナー男爵家が売っていた蜂蜜製品まで失われるのは惜しい、というのが世間の声だった。

両親はドナルドと違い、税などの管理や労働者への支払いはきっちりしていた。そちらにも監査は入ったが、これといって罰せられるようなものは見つからなかったそうだ。従業員も男爵夫妻について、「ケチだが悪人ではなかった」と言っていたらしい。

では、当主夫妻がいなくなったものの存続を望まれる養蜂業はどうするのか、ということになった。

本来ならば長女のマティルダは既に嫁いだ身なので、次女であるローズマリーに権利が譲渡される。だがローズマリーは病み上がりで今後も療養が必要な身であるため、経営を続けることができない。

よって権利はマティルダの夫であるカーティスに渡され、実質マティルダが所有する形になった。元々彼女は帳簿を管理していたので、しっかりとした代理人さえ立てられたら経営は十分可能だった。

「私のことなら気にしないで。お金の管理とかは得意だし……お父様たちのことはともかく、養蜂業に関してはできるなら存続させたいと思っていたのだから」

マティルダは不安そうな顔の妹に微笑みかけ、紅茶を飲んだ。

両親のことはおそらく一生許せないだろうし、許すつもりもない。だが、彼らがたとえ自分たちが楽をするためとはいえマティルダに帳簿の能力を身につけさせたこと、そして……よい働きをすればよい商品を生み出せるのだと教えてくれたことだけには、感謝したいと思っていた。

＊＊＊

数日後、ローズマリーの出発の日になった。

「お手紙を書くから、絶対に返事をちょうだいね、お姉様」

ローズマリーに涙ながらに言われたので、マティルダは妹を抱きしめながら何度もうなずく。

「もちろんよ。そっちでも、テッド様と仲よくするのよ」

「分かっているわ！　私の方がお姉さんなのだから、しっかりするわ！」

ローズマリーは気合いを入れて言うが、どう考えてもローズマリーよりテッドの方がしっかりとしている。向こうに行っても面倒を見てもらう側だろうに……と思うが、それを言うとローズマリーが拗《す》ねそうなので口にしないことにした。

カーティスが手配してくれた馬車が、辺境伯城の中庭に入ってきた。それを見るといよいよお別れだと思えたのか、ローズマリーがじっと顔を見上げてきた。

「……あの、ね。私ずっと……お姉様に申し訳ないと思っていたの。私のせいで、お姉様はお嫁に行けない。好きな場所に行けない。我が儘も言えない。……全部、体の弱い私のせいだと思っていたの。それなのに私、お姉様が元気でうらやましいって妬《ねた》んでいたの。……ごめんなさい、お姉様」

「……私もよ」

しょぼんとする妹を見ていると、そんな言葉がするりと出てきた。

そう、ローズマリーだけでない。マティルダもまた、妹に対して申し訳ないと思っていた。

「私は健康な体を持って生まれた。自分の足でどこにでも行けるし、好きなことができる。あなたは不自由な生活を送っているのに自分だけ元気でいるのが、申し訳ない。それでいて……かわいいあなたのことが、うらやましかった」

今では、なんとなく分かる。おそらく両親は、この姉妹の「申し訳なさ」を利用していたのだ。

マティルダは自分が健康な体であることを申し訳なく思いつつ、皆にかわいがられるローズマリーのことを密かにうらやんでいた。ローズマリーは、自分の介助を姉に任せるのを申し訳なく思いつつ、健康な体を持つマティルダのことをうらやましいと思っていた。

相手への罪悪感と、嫉妬。これらを両親はうまくコントロールし、ふたりが離れられないようにしたのだろう。

「私ひとりでは、搦《から》め捕《と》られて動けなかった。でも真実を知ったあなたが一番に動き、私が旦那様に見初められるきっかけを作ってくれた。……だから、ありがとう、ローズマリー」

「そんなの……！　お姉様だって、お義兄《にい》様に私の治療をお願いしたのでしょう？　私、我が儘ばかりで愛想もなかったのに……」

そこで姉妹は互いの顔を見て、笑い合った。

「私たち、どっちもどっちね」

「そういうことよ」

「……ねえ、お姉様」

馬車に向かってゆっくり歩きながら、ローズマリーは言う。

「私、男爵邸でも言ったけれど……お姉様にお子様が生まれたら、最高の叔母様になりたいの。苦い薬じゃなくて、おいしいお菓子とお茶を一緒に楽しんで、甥姪の成長をお祝いできるような……そんな、優しい叔母様になりたい」

「……ええ、なれるわ。あなたなら、絶対に」

マティルダは、力強く言う。痛みや辛さを知っているローズマリーだからこそ、皆に好かれる素敵な女性、甥姪たちに慕われる素敵な叔母になれるはずだ。

するとローズマリーは、してやったり、とばかりに笑った。

「ふふ、それじゃあお姉様はお義兄様と仲よくして、早く赤ちゃんを見せてね」

「ええっ⁉　あ、そ、それは……」

「約束よ！」

ローズマリーは楽しそうに言うと、たたっと駆け出した。思わず呼び止めようと差し出した手をぐっと止め、マティルダは妹を見守る。

ローズマリーは馬車の横で待っていたカーティスに一言告げてから、乗りこんだ。マティルダがカーティスの隣に並ぶと、窓を自分で開けたローズマリーが笑顔で手を振った。

「さようなら、お姉様、お義兄様。本当に……ありがとう！」

「いってらっしゃい、ローズマリー」

「元気で」

カーティスとマティルダも声をかけ、手を振る。馬車が動き出し、秋の晴れた空の下を進んでいく。

だんだんローズマリーの姿が小さくなるのをずっと見守っていたマティルダは、そっと背中にカーティスの手が触れたことに気づく。

「行ってしまったな。やはり、寂しいか？」

「……はい、寂しいです。でも、大丈夫です」

結婚の際に気まずい雰囲気の中で別れた、あのときとは違う。マティルダもローズマリーも、もう大丈夫。これから先もいつでも会えると分かっているから。

カーティスはマティルダの横顔を見て微笑んでから、「そういえば」と口にした。

「先ほど、おまえはローズマリーと話していて大声を上げていたが……何か言われたのか？」

「えっ」

それはもしかしなくても、「早く赤ちゃんを見せてね」のくだりについてだろうか。そこそこ距離はあったのに、カーティスには聞こえていたようだ。

「い、いいえ、たいしたことでは……」

「本当に？　あの妹、見かけによらず策士で面倒な性格をしている。置き土産に何かとんでもないことでも言われたのではないのか？」

ここは「そうか」と流してほしかったのに、突っ込まれた。ここ数日ローズマリーに振り回されていたカーティスなので、マティルダのことを案じて聞いてくれているというのが分かるため、マティルダは渋々ながら口を開いた。

「そ、その。男爵邸でも言っていましたが……。ローズマリーは最高の叔母さんになりたいそうなので、早く赤ちゃんを見せてほしい、と」

「……そ、そうか」

予想外だったのか、カーティスは一瞬目を見開いた後に視線をそらし、こほんと咳払いをした。

ローズマリーにはテッドの成人後に辺境伯位を譲ることは教えたが、契約結婚のことは最後まで言わなかった。だからいずれマティルダに子どもができるはずと考えるのは、何もおかしなことではないし――

（そういえば私も実家で、子どもが生まれたときのことを話したような……）

あのときは少々テンションが上がっていたので、普段なら言わないことを口走った気もする。

どちらも何も言えずにしばらくもじもじした後に、カーティスの方が口を開いた。

「……男爵邸でのいざこざを通して、考えていたことがある。俺たちの、契約結婚についてだ」

「っ、はい」

マティルダが慌てて隣を見ると、カーティスは紫色の目をまっすぐマティルダに向けていた。

「今回ローズマリーに医者の手配をしたのも彼女を辺境伯城に泊まらせたのも、全ておまえの追加報酬の一環だ。おまえは本当に、俺の想像以上の働きをしてくれた。さらには実家の問題まで解決してしまって、おまえの行動力には頭が上がらない」

「ありがとうございます。全ては、私に力を貸してくださる旦那様のおかげです」

「そう謙遜するな。ただ……俺がおまえたち姉妹のためにあれこれしたのは決して、追加報酬をやるという約束のためだけではなかったことを伝えたい」

そこでカーティスは一旦言葉を切ってから、小さく息をついた。

「きっかけは確かに、追加報酬の約束があったからだ。だがそれ以上に俺は、おまえの力になりたいと思った。おまえの心を悩ませるものを滅し、おまえが助力を求めるのならば喜んで手を貸し、おまえのためなら何でもしてやりたい。……そう思うようになったのはおまえがそれだけ、俺の中での大切な部分を占めているからだ。おまえを泣かせたくない、悩ませたくない、笑顔でいてほしい、願いを叶えてやりたい。……叶うことならあと三年少しではなくて、これからもずっとそうしていきたい」

――どくん、とマティルダの胸が何かの期待を感じて拍動する。

「……私たちは、いずれ別れるのですよね？　そういう契約でしたよね？」

「そういう契約だった。だが、それでは嫌だと思うようになった」

カーティスは言い切ると、息を呑んだマティルダに微笑みかけた。

「どうやら俺は自分でも驚くほど、おまえと一緒にいることに安らぎを感じているようだ。俺は自分がしとやかでおとなしくて従順な女が好みだと思っていたからおまえに契約結婚を申し出たのに、蓋を開けてみればおまえはとんでもなく頑固で強引でぶっ飛んでいた。そして……俺はそんなおまえが好きになった」

「えっ……」

「好きだから、一緒に寝るのが気恥ずかしいと思うようになった。好きだから、おまえの名を冠したインクを世に残したいと思った。好きだから、おまえの我が儘を叶えたいと思ったし……おまえのためなら何でもしたいと思えるようになったんだ」

たたみかけるように言葉を贈られて、マティルダは意味もなく開閉する口元を隠すために手で覆ってしまう。

カーティスに、「好き」と言われた。

「好き」という、ごく短い言葉。その言葉はマティルダの胸の奥にすうっと染みこみ、これまで彼と過ごしてきた日々の欠片が頭の中に浮かんでは、「好きだから」の言葉で優しく溶かされていく。

そうして同時に、気づいた。カーティスと別れたくない、と自分の胸の奥で叫ぶ声の正体。彼と別れることを想像すると、胸の奥が痛んだ理由。

それらが驚くほどすっきりと……「好きだから」の言葉で解決できる。

(ああ、そうだったのね)

カーティスだけでない。マティルダも、彼のことが好きになっていたのだ。

「……遅すぎるわ」

自分の鈍さを呪ってつぶやくと、それを聞いたカーティスがぎょっとしてマティルダの肩を掴んだ。

「お、遅すぎるとは一体……？　もしかしておまえ、もう再婚相手の候補がいるのか⁉」

「えっ？　いませんよ？」

「ごまかさなくていい。おまえは人を見る目があるようだから、おまえが選んだ男なら間違いないだろう。……その、ものすごく悔しいしその男がうらやましいが、おまえの幸せのためなら祝福する。結婚式にも参加するからな！」

「勝手に話を進めないでくださる⁉」

真っ青な顔で妄想する夫の頬を抓《つね》り、もう、と頬を膨らませた。

「誰もそんなこと言っていません！」

「だがおまえは、『遅すぎる』と……」

「それは、私自身への叱責です！」

抓られた頬をさするカーティスに視線で問い詰められたので、マティルダは観念して彼の胸元にどんっと飛び込んだ。

「私も……好きなのです！　旦那様のことが好きで……でもずっと気づけなかった自分を叱っていたのです！」

「……は？」

「かわいくない女でごめんなさい。理詰めで話をするし、無計画なことばかりをするし……」

「いや、いいじゃないか。……意地っ張りでおねだり上手で賢くて勇敢な、いくつもの仮面を使い分ける器用な辺境伯夫人。俺はおまえの、そういうところに惚れ込んだんだからな」

マティルダが顔を上げると、カーティスの紫色の目にぽかんとする自分の顔が映り込んでいた。

……きれいな目だと思った。そしてこのきれいな目に映るのが自分だけだというのが——たまらなく嬉しいと思われた。

「……よかった。俺の一方的な想いじゃなくて、おまえも俺のことを好いてくれていて、本当によかった。おまえがもう他の男との再婚を考えていたのなら、嫉妬でおかしくなっていたかもしれない」

「そんなの……あり得ませんよ。私、そんな器用なことはできません」

カーティスの服の胸元を掴んで首を横に振ると、カーティスは「知っている」と囁いた。

「それでも、不安だったんだよ。……でもおまえの気持ちが分かって、よかった。離縁すると決めたことを後悔しているのは、俺だけじゃないんだよな」

「……はい」

「テッドが成人したら平民になるが、そうなってもおまえは俺についてきてくれるんだな？」

「もちろんです。私には養蜂業がありますので、いざとなったらあなたを養えます」

「馬鹿言え、俺はいずれテッドのもとで騎士として名を揚げるのだから、養われるのはおまえだ」

　さすがにプライドが傷つくようでカーティスはむっとしたが、すぐに笑った。

「……まあいい。どんな形だろうと、おまえがいてくれるのならそれで十分だ。だから、契約結婚は今日で終わりにしよう。俺たちはこれから辺境伯夫妻としてこの地を守り、テッドに未来を託した後はただの夫婦として共に生きよう」

　そう言ってカーティスはその場に片膝をつき、上着のポケットから小さな箱を出した。

　――どくん、と心臓が確かな期待を感じて喜びの声を上げる。

　このシチュエーションは、小説で何度も読んできた――

「愛している、マティルダ。……どうかこれからも、俺と共にいてください。結婚してください」

　そう言ってカーティスは、箱の留め金を外した。そこから姿を見せたのは、控えめなダイヤモンドが飾られた指輪。

　それを見た途端、マティルダの胸に愛おしさがぶわっとこみ上げてきた。くすぐったいような気恥ずかしいような気持ちになってきて、マティルダはふふっと笑ってしまう。

「旦那様。私たちもう、結婚していますよ」

「それはそうだが、思えばおまえにまともに求婚していないし、指輪も贈っていなかっただろう。なんだ、もっと派手なやつがよかったか？」

「まさか。この指輪がいいです。あなたが私のことを考えて選んでくれたものだから、これがいい」

マティルダは即答して、左手を差し出した。

「つけてくださいますか？」

カーティスは、ほっとしたように微笑んだ。そうして箱の台座から指輪を抜き、マティルダの左手を恭しい手つきですくい上げて、薬指に指輪を通してくれた。

普段から宝飾品を贈ってくれることもあり、サイズはぴったりだ。ダイヤモンドの位置や大きさも絶妙で、マティルダは秋の日差しに指輪を輝かせてうっとりとため息をついた。

「きれい……」

「これなら、おまえが本を読んだり書類を書いたりしているときも、邪魔にならないと思って」

「さすが旦那様。私のことなんてお見通しですね」

マティルダは余裕たっぷりに微笑むが、立ち上がったカーティスに見下ろされるとその余裕もさっと風に乗って消えてしまった。

これまでにない、熱い瞳がマティルダを見ている。その紫の眼差しに見つめられると、マティルダの胸の奥にまで火が灯ってしまうのではないかと思われるほど、胸が高鳴ってくる。

「ありがとう、マティルダ。俺のそばにいてくれて……そして、俺の愛を受け取ってくれて」

「旦那様……」

「どうか、名前で呼んでくれ。せめておまえとふたりだけのときは、名前で呼んでほしい」

口調は甘えるようなのに真剣な瞳で懇願されたので、マティルダは今まで見たことない眼差しにどきどきしつつも、うなずいた。

「はい、カーティス様」

「様はいらん」

「……カーティス」

マティルダが噛みしめるように夫の名前を囁くと、さっと伸びてきた腕によって抱き寄せられた。

「マティルダ。……おまえと出会えて、よかった」

「私もです。あの夜、あなたに会えてよかった」

『……こんな場所でも劇が行われていたのか』

あの日、父親からの暴行を受けていたマティルダのもとに、カーティスが来た。

あのときの彼との出会いが、マティルダの人生を変えてくれた。

カーティスも過去のことを思い出しているのか、ふわりと優しい笑みを浮かべた。

「これからも、おまえと共に。そうしていつか……あのやかましい義妹の夢を叶えることについても、考えていきたい」

「……えっ？」

「あいつを、最高の叔母にしてやるんだろう？　同時におまえの……子どもの脚を踏みつけたりしない母親になりたい、という願いも叶えなければならないな」

カーティスの言いたいことが分かり、マティルダははっとした後に唇をとがらせながらもカーティスの胸元に飛び込む。

「……おいおい、考えていきましょう」

「そうだな。……時間は、いくらでもある。四年と言わず、これからもずっと」

「はい」

ふたりは顔を見合わせ、そして同時に笑みをこぼした。

「好きだ、マティルダ」

「私も大好きです、カーティス」

秋の風が吹く、辺境伯城前の草原にて。

すれ違いや勘違いを乗り越えて心を通わせることのできた、愛する人との初めての口づけは、幸せの味がした。

―終―

# 番外編　皆で描く未来

クレイン辺境伯領のとある田舎に、次期辺境伯である若者が暮らす小さな屋敷がある。

今日は客人を招いているため、いつにも増してにぎやかだった。

「久しぶりだね、兄上」

「おまえも、元気そうで何よりだ」

屋敷の応接間で、カーティスはテッドと握手をした。

カーティスの従弟のテッドは、今年で十七歳になった。ここ数年でかなり身長が伸びたように見える彼は、今ではカーティスと目線の高さがほぼ同じになっている。

「ここまでの長旅、奥様たちは大丈夫だった？」

「いつもより休憩を多めに取ってきたから、大丈夫だ。ミラも、元気にしている」

「それならよかった！　ローズマリーさんは兄上たちが来るって聞いてからずっと、ミラちゃんのことを気にしていたんだよ」

テッドが笑顔で言うのも、よく分かる。

ミラことミランダは先日一歳の誕生日を迎えた、カーティスとマティルダの娘だ。目に入れても痛くないほどかわいい愛娘は辺境伯城の使用人たちからも溺愛されており、マティルダが

「皆、ミラを甘やかしすぎないで！」と言うくらいである。

ローズマリーも例に漏れずで、久々に姪と再会した彼女はミラを抱っこして渾身の変顔で笑わせていた。元々の顔の造形が愛らしいからなのか、義妹の変顔には妙な迫力があったものだ。

「……おまえも来年には、成人するんだな」

「そうだね。まだ先の話だと思っていたけれど、もうすぐだね」

昔のように手ずから茶を淹れていたテッドが、顔を上げた。

「兄上は、僕が成人したら引退するんだよね」

「ああ、その気持ちはずっと変わらない。マティルダも、俺と一緒にいると言ってくれる」

カーティスは、はっきりと答えた。

テッドが十八歳になったら、カーティスは彼に辺境伯位を譲って引退する。そうすると辺境伯城はテッドのものになるので、カーティスは家族で別の屋敷に移り住み、それ以降は辺境伯家の騎士として生きていくと決めていた。

「そっか。僕、大丈夫かな……」

「しばらくはそばで補佐するつもりだから、安心しろ。引き継ぎを完了させるまでが、俺の辺境伯としての仕事だ」

カーティスはそこで一旦言葉を切ってから、テッドを見つめた。

「……今日ここに来たのはミラをおまえたちに会わせるためだけでなく、もうひとつ用事がある」

「うん、何かな？」

「おまえに、言わなければならないことがある。伯父上のことだ」

そう言いながら、カーティスはぎゅっと両手の指を強く握り込んだ。

テッドの父親である先代辺境伯が、なぜ急に引退することになったのか。その理由を知っているのは、カーティス夫婦とごく一部の上級使用人、そして王族くらいだ。

いつか言わなければならないと、考えていた。そして、来年テッドが成人するこのタイミングで言うべきだろう、と妻とも相談したのだ。

紅茶のカップを手にしていたテッドが、小さく笑った。

「……大丈夫だよ、兄上」

「テッド……」

「僕、知っているから」

無意識のうちにうつむいていたカーティスは、さっと顔を上げる。テッドはいつもと変わらない表情で紅茶を一口飲み、カップを下ろした。

「父上、違法薬物を使っていたんだよね？　……ごめん、二年ほど前に気づいてしまったんだ」

「……そう、か。すまない、証拠隠滅不足だったか」

「ううん、そういうわけじゃない。子どもの頃に辺境伯城で見かけたガラス瓶のことを思い出して、そのラベルに書かれていた文字について調べてみたら、分かっちゃったんだ。ああ、だから父上はあんな形でいなくなったんだ、って」

「…………」

「ありがとう、兄上」

テッドは、どこかすっきりとしたような表情で言った。

「兄上に感謝したいことは、ふたつ。父上の不正について僕に秘密にしていたことと……父上を蟄居処分で済ませてくれたこと」

「……礼を言われるような立場ではない」

カーティスが力なく言うと、テッドは首を横に振った。

「兄上が動いてくれなかったら、僕も一緒に処分を受けたかもしれない。兄上がうかつにしゃべっていたら、子どもの頃の僕は兄上に八つ当たりしていたかもしれない。……だから、これでよかったと思っている」

「……そうか」

「兄上。今の僕では未熟だろうけれど、兄上が……そして父上が守ったクレイン辺境伯領を、僕が受け継ぎたい。父上の罪も兄上の想いも受け止めた上で、辺境伯になりたいんだ」

そう言うテッドはすっかり大人の顔をしており、従弟の成長をはっきりと感じてカーティスは微笑んだ。

「……ああ、おまえならできるとも」

「ありがとう、兄上。……でも、僕が城に行ったらここをローズマリーさんひとりにしてしまうな。それはちょっと心配かも」

「なんだ。おまえ、意外とローズマリーのことを意識しているんだな。……さては、好きなのか？　なら、一緒に連れていけばいいだろう」

「そ、そんなんじゃないよ！」

　そう言いながらも口元がほころんでいる従弟を、カーティスは穏やかな眼差しで見ていたのだった。


―終―

# あとがき

『愛されない地味才女なので、気ままな辺境暮らしを楽しみます～離婚予定の契約妻のはずが、旦那様の様子がおかしい～』をお読みくださり、ありがとうございます。作者の瀬尾優梨です。

新しいお話を書くことになり、さあどんな物語にしましょうか、と担当さんに聞かれた私は、考えました。「年下のツン多めなヒーローが、年上のお姉さんにあらあらまあまあされる話を書きたい」と。その後もいろいろ設定を練った結果、本作品ができあがりました。

主人公のマティルダは、いわゆる「搾取子」「虐げられる姉」です。ただし彼女には、自分より美しい妹への深い愛情があり、やられるだけではなくやり返す度胸も持っています。

また、彼女の大きな強みとなるのが演技能力です。台本や設定さえあればどんな人間にでもなりきることができるという才能が、時には彼女を勇気づけ、時には窮地を乗り切る力となってくれます。そんな「たくましい女性」の活躍を見守っていただきたいです。

ヒーローのカーティスはマティルダに対してツン多めですが、それには「とある問題」を抱えているからという理由があります。問題解決後の彼はデレがだんだん増え、サブタイトルにもあるように様子が（いい意味で）おかしくなっていきます。私が個人的に気に入っているのは、「マティルダ・ブラック」のエピソードと、寝室放置未遂事件です。「なんか嫌な感じのヒーロー」から「なんかかわいいヒーロー」に、印象が変わっていったら嬉しいです。

そして、マティルダの妹であるローズマリー。病弱で甘えん坊で皆に愛される天使のような美少女。彼女の役割にも是非、ご注目ください。


最後に謝辞を。

イラスト担当の茲助《ここすけ》様が描いてくださったマティルダは格好いい&かわいく、カーティスはどきっとするような色っぽさがあって、ラフを拝見したときからドキドキしました。素敵なイラストを描いてくださり、本当にありがとうございました。

また担当様のおかげで、初稿の段階では若干ヘタレだったカーティスがキラキラに格好よくなりました。ご指導くださり、ありがとうございました。

読者の皆様、いつも性癖垂れ流し状態の私の作品を読んでくださりありがとうございます。今後も垂れ流していきますがどうか、呆れないでください。

また新しい物語でお会いできることを、願っております。

瀬尾優梨《せおゆうり》

愛されない地味才女なので、
気ままな辺境暮らしを楽しみます
～離婚予定の契約妻のはずが、旦那様の様子がおかしい～

2024年9月5日　初版第1刷発行

著　者　瀬尾優梨



発行人　菊地修一

発行所　スターツ出版株式会社

〒104-0031　東京都中央区京橋1-3-1　八重洲口大栄ビル7F
TEL　03-6202-0386（出版マーケティンググループ）
TEL　050-5538-5679（書店様向けご注文専用ダイヤル）
URL　https://starts-pub.jp/

印刷所　大日本印刷株式会社

ISBN　978-4-8137-9363-2　C0093　Printed in Japan



[瀬尾優梨先生へのファンレター宛先]
〒104-0031　東京都中央区京橋1-3-1　八重洲口大栄ビル7F
スターツ出版（株）　書籍編集部気付　瀬尾優梨先生